조선의 글 쓰는 여자들

조선의 글 쓰는 여자들

규방가사로 들여다본
전근대 여성들의 삶과 생각

◆

서주연·정기선 지음

사우

여성은 허랑하게 글이나 시를 지어 퍼트려서는 아니 되니…
―청장관 이덕무

글 읽는 여성의 모습을 그린 윤덕희(尹德熙, 1685~1766)의 그림이다.
조선시대 여성은 쉽게 열린 공간으로 나갈 수 없었다.
여성은 자신만의 공간에서 글을 읽고 지으며 내면의 힘을 길렀을 것이다.
출처: 국립중앙박물관(유리건판: 34578)

여성이 글을 쓴다는 것은

사람은 누구나 자신을 표현하려는 욕구를 갖고 있다. 누군가
는 글로, 누군가는 그림으로, 누군가는 말로 자신을 표현한다.
우리가 사는 이 시대에는 얼마든지 나라는 존재를 드러낼 수
있다. 그러나 여성이 자신을 세상에 드러내기 시작한 역사는
그리 오래되지 않았다. 특히 조선시대에 여성이 글로 자신의

목소리를 세상에 드러내려면 편견과 맞서야 했다.

남자는 비로소 글자 쓰기를 익히고 여자는 비로소
여공의 작은 일을 배우라.

男子始習書字, 女子始習女工之小著

여성과 남성이 하는 일이 구별되었던 조선시대에 여성이 힘써야 하는 일은 글쓰기가 아니라 여공(女功)인 길쌈과 바느질이었다. 그러나 여성들은 집안일에만 머무르지 않고, 자신들의 삶을 담담히 글로 풀어내기 시작했다. 정확한 시기는 알 수 없지만 여성들은 한자보다 익히기 쉬운 한글을 이용해 자신의 생각과 감정을 담은 가사를 짓기 시작했다.

여성들은 가사를 지어 시집가는 딸을 가르치고 사랑하는 마음을 전하기도 하고, 남들에게 쉽게 털어놓지 못한 지난날을 이야기했으며, 오랜만에 만난 가족과 친구들과 함께한 소중한 추억을 전하기도 했다. 자신의 일상과 생각을 꾸밈없이 4음보 운율에 맞추어 가사를 짓다 보니, 여성들의 글은 화려하지는 않지만 진술했다. 규방가사의 꾸밈없고 진솔한 내용은 동시대를 사는 여성들에게 공감과 지지를 받으며 베껴 쓰거나 고쳐 쓰는 방식으로 널리 퍼져 나갔다. 이렇게 여성들 사이에서 널리 퍼진 가사는 '규방가사(내방가사)'라는 고전문학의 한 갈래로 자리 잡으며 여성들이 주도한 문화유산으로 인정받아 2022년 유네스코 세계기록유산 아시아태평양 지역 목록에 등재되었다.

근대 이전에 여성이 새로운 문화를 탄생시키고 그 문화의 주인이 된 역사는 동서양 문화사를 살펴보아도 매우 희소하다. 특히 18~20세기 동아시아 남성중심주의 문화권에서 여성의 자발적이고 주체적인 문학 활동은 18세기 서구에서 벌어진 여성 참정권 운동과 비견된다. 서구 여성과 방식은 다르지만, 가부장제 사회에서 동아시아 여성들은 그들만이 할 수 있는 최선의 방식으로 자신이 살아온 역사를 글로써 증언하며 주체성을 획득하기 위해 노력했다.

조선시대, 여성이 허랑하게 시와 글을 지어 밖으로 퍼뜨려서는 안 된다는 당대의 사회적 분위기에도 불구하고 그녀들은 당당히 글을 남겼다. 지금 우리가 마주하는 규방가사는 시대의 편견과 한계를 뛰어넘은 여성들의 강인함을 보여주는 산물이다. 시대의 한계를 뛰어넘은 여성들은 대단한 인물이 아니었다. 할머니, 어머니, 며느리, 시누이, 올케, 딸이라 불리는 그저 평범한 여성들이었다. 평범했던 여성들이 글을 통해 자신의 역사를 오롯이 전달하고 있다는 사실만으로도 조선 후기 여성들이 얼마나 당차고 열심히 살아왔는지를 짐작할 수 있다.

규방가사에 담긴 여성들의 특별한 경험과 생각을 몇 가지만 살펴보면 다음과 같다.

첫째, 여성들에게 규방가사는 자기 자신은 물론 외부 세계를 알아가는 중요한 통로였다. 여성을 위한 공식적인 교육이 존재하지 않았던 과거에 여성들은 아버지를 비롯한 남성들의 등 뒤에서 남몰래 유교 경전과 한문으로 된 문학 작품을 배우면서 지식을 습득하고 교양을 쌓았다. 여성들은 한글로 된 가사를 지으면서 자신이 보고 들은 《소학》과 《열녀전》 등의 경전 구절을 인용하기도 하고, 소설과 시에 대한 감상이나 논평을 이야기했다. 이러한 내용의 가사를 딸에게 전해줌으로써 자신이 터득한 지식과 교양을 전수해주기도 했다. 가사는 여성들이 글자를 배우고 익히는 수단인 동시에 자신이 터득한 지식과 교양을 드러낼수 있는 유일한 수단이었다. 우리는 규방가사라는 통로를 통해 당시 여성들이 갖추었던 지식과 교양을 만날 수 있다.

둘째, 여성들에게 규방가사는 자신의 생각과 느낌을 자유롭게 표현할 수 있는 무대였다. 혼인과 동시에 자신이 나고 자란 고향을 떠나 가족들과 생이별해야 했던 여성들은 한평생 친정을 그리워하면서 생활했다. 시댁에서는 마음 편히 자신의 생각이나 느낌을 말하기 어려웠으며 집안일을 책임져야 했기에 몸과 마음의 여유도 없었다. 하지만 규방가사에서만큼은 비교적 자유롭게 자기 생각과 느낌을 표현했다. 집안의 경사를 기념하여 가사를 지었고, 가족과 가문에 대한 그리움과 자부심을 드러내면서 가문의 번영을 축원했다. 또 화전놀이처럼 오랜만에 나들이를 함께하고 나서 여성들 간의 유대와 연대를 소중히 기록했다. 비록 아주 작은 무대였지만 규방가사가 있었기에 여성들은 현실의 무게를 잠시나마 내려놓을 수가 있었다.

규방가사는 여성들이 감당하고 견뎌야 했던 현실의 무게를 담고 있다. 그것이 결과적으로는 남성을 위하는 것이라 하더라도 작품의 문맥을 따라가다 보면 삶의 전부를, 자신을 구성하는 본질을 규방가사에 쏟아내고 있다는 점을 발견할 수 있다. 이 책에서 소개하는 규방가사를 통해 여성들이 붓을 들지 않고는 견딜 수 없었던 지난한 삶의 이야기가 무엇이었는지, 그때 여성들이 느낀 기쁨, 슬픔, 고뇌, 행복이 무엇이었는지를 느껴보길 바란다.

1

귀한 딸을 위한 노래

출처: 국립민속박물관

어와 이 애기는 복덕부인 되리로다

귀하디귀한 우리 여아

조선시대 여성은 어떠한 삶을 살았을까? 여성이라는 이유로 모든 여성이 태어나자마자 천덕꾸러기 대접을 받았을까? 우리는 조선시대 여성들이 한결같이 비인간적인 대우를 받았다고 생각하는 경향이 있다. 물론 남성과 비교해 여성들의 대우나 처지가 상대적으로 열악했던 것은 사실이다. 하지만 신분제가 폐지되고 인권이 크게 향상된 오늘날에도 개인의 상황이 모두 똑같지 않은 것처럼 조선시대 여성들의 상황도 개인에 따라 큰 차이가 있었다. 가령 어느 집에서는 가족 구성원들로부터 축복을 받으며 태어난 딸도 있었을 것이다. 규방가사 중에도 이러한 여성을 주인공으로 하는 노래가 있는데 그 노래가 바로 〈귀녀가〉다. 〈귀녀가〉는 귀한 딸에 관한 노래라고 할 수 있다.

제목은 다르지만 비슷한 내용의 노래가 여러 편이 있는 것으로 보아서 상당히 유행한 노래라고 생각된다. 여기에서 살펴볼 노래는 단국대학교 율곡기념도서관에 소장된 《힝실록》이라는 책에 수록된 〈귀여가〉다. 이 노래는 화산땅 복덕촌이라는 곳에서 명문가의 후손인 김복천과 그의 부인 윤씨가 나이가 오십이 되도록 아이가 없자 이름난 산과 풍수가 좋은 자리를 찾아다니며 치성을 드린 끝에 어렵게 자식을 얻은 것으로 시작된다. 아래 부분은 그토록 소망하던 귀한 자식을 낳은 뒤에 펼쳐지는 이야기다.

평생의 좋은 세계 생기복덕 좋을시고

거적자리 삼을 갈라 좋을시고 이 뒤에

맑은 물 바삐 데워 온몸을 씻긴 후에

등잔불을 돋워 자세히 살펴보니

구각도 절묘하고 이목구비 기이하다

아미같이 좋은 눈썹 가는 붓으로 그려낸 듯

청아한 울음소리 호령이 비치는 듯

어와 이 애기는 복덕부인 되리로다

길한 날 가려내여 삼불을 피운 후에

미역국 정성껏 끓여 차려놓고

양수로 합장하여 삼신께 비는 말이

어질고어진 삼신이시여 맑은 삼신님이시여

물같은 우리 애기 나무같이 기르소서

거품같은 우리 애기 차돌같이 길러주소

구슬같이 고은 애기 수복을 많이 주소

은금같이 중한 애기 부귀를 많이 주소

삼신이 감동하사 정연히 말씀하시되

정성이 지극하면 무엇이 어려우리

상제께 명을 빌어 부귀를 많이 주리라

신명이 날 속일까 수복부귀 하리로다

화자는 큰 목소리로 선언서를 읽듯 갓 태어난 아기를 향해 평생토록 생기와 복덕이 좋을 것이라며 축복한다. 거적자리에 눕힌 아기를 들어 온몸을 정성껏 씻긴 다음, 등잔불의 심지를 돋우고 아이의 모습을 자세히 살펴본다. 화자의 눈에는 아기의 입꼬리, 귀, 눈, 입, 코 어느 하나 절묘하고 기특하지 않은 데가 없다. 그리고 아기 눈썹이 아미(蛾眉)같이 좋다고 했는데, 여기에서 아미는 누에나방의 눈썹을 의미한다. 예전에는 미인의 눈썹을 가늘고 길게 굽어진 누에나방의 눈썹에 비유했다. 갓 태어난 아기의 눈썹이 누에나방의 눈썹처럼 길게 굽어 있을 리는 없지만 그렇게까지 말한 것은 그만큼 화자의 눈에 아기가 예뻐 보인다는 의미이다. 세상에 갓 태어난 아기의 울음소리가 청아하다고 한 것도 아기에 대한 화자의 사랑이 그만큼 크다는 것을 의미한다. 화자는 아기가 복덕부인이 될 것이라고 다시 한번 축복하고, 아기를 감싸고 있던 태를 태우는 삼불을 피운 후에 아이를 점지해준 삼신에게 소원을 빈다. 그러면서 산모들이 먹는 미역국을 떠놓고 두 손 모아 아이의 건강과 행복을 축원한다. 물 같은 아기가 나무처럼 굳건하게 자라기를, 거품 같은 아이가 차돌처럼 단단히 자라기를 말이다.

이어서 아기를 구슬과 은금과 같은 보배에 비유하며 수복과 부귀를 내려달라고 빈다. 화자가 삼신에게 비는 수복부귀는 세속에서 흔히 오복이라고 하는 것들이다. 원래 오복은 중국 고대의 경전 《서경(書經)》 〈홍범(洪範)〉에서 유래한 것으로, "오복은 첫 번째는 장수이고 두 번째는 부이며 세 번째는 강녕이고 네 번째는 덕을 좋아함이며 다섯 번째는 고종명이다[五福, 一曰壽, 二曰富, 三曰康寧, 四曰攸好德, 五曰考終命]"라고 되어 있다. 중국 고대의 제왕에게 치세의 방법을 전하는 《서경》의 성격상 여

예전에는 아이가 태어나면 삼신상을 차렸다. 아이가 태어나자마자 차리기도 하지만 대개 사흘째 되는 날 삼신상을 차려 아이가 무사하게 태어난 것에 감사하며 아이와 산모의 건강을 기원한다. 특별히 산모가 초산이거나 난산일 경우에도 출산일에 삼신상을 차려 산모의 순산을 빈다. 개인에 따라 출산 사흘 뒤부터 이레(7일)마다 일곱이레(49일)까지 삼신상을 차려 정성을 들이기도 하는데, 일반적으로 이레또는 세이레(삼칠일)에 그친다. 그리고 백일과 돌에도 삼신상을 차려 아이의 건강과 안녕을 빈다. 그 외, 특별한 날과 관련 없이 아이가 아프거나 잠을 잘 자지 못하고 보챌 경우, 삼신에게 마음을 의지하고 싶을 때마다 정화수를 떠놓고 빈다.
출처: 국립민속박물관

기에서 말한 오복은 모두 군주에게 해당한다. 대신 민간에서는 수(壽)·부(富)·귀(貴)·강녕(康寧)·자손중다(子孫衆多)를 오복으로 꼽았다. 〈귀여가〉에서도 삼신에게 수·부·귀·강녕으로 대변되는 오복을 빌었다. 마지막에 해당하는 자손중다, 즉 자손의 번창을 빌지 않은 것은 갓 태어난 아기에게는 너무나도 먼 일이기 때문일 것이다.

아기를 향한 화자의 정성이 얼마나 지극한지, 삼신마저 감동시켰다. 삼신이 화자에게 직접 말을 했다고 보기 어렵지만, 마치 소설의 한 장면을 보듯 화자는 삼신의 말을 직접 인용하는 방식을 사용해 세상 모든 일을 주관하는 상제께 잘 말씀드리겠다고 말을 전한다. 그러면서 화자는 신명이 날 속이겠냐며 이 아기는 반드시 수복부귀할 것이라고 믿어 의심치 않는다.

은금을 준들 바꿀쏘냐?

엉금엉금 기는 양은 뭇 동물 중에 기린이요

주적주적 걷는 양은 뭇 새 중에 현학이라

어찌 이리 기이한고 이딸애기 거동보소

남 눈에도 꽃이어든 우리 눈의 오죽할가

고픈 배도 불어오고 없는 재미 절노 난다

사오 세 잠깐 가고 칠팔 세 돌아오니

유화한 거동보소 춘당의 부용이요

청월한 소리 들소 구소의 학어□당

효우는 천생이요 재주는 탁인이라

화자의 눈에 딸자식은 은금을 준들 바꿀 수 없는 귀한 존재다. 제목 그대로 귀녀인 것이다. 귀녀가 기고 걷는 모습은 전설 속의 동물인 기린과 현학의 모습과 다름없다. 귀녀의 빼어난 모습에 관해서 고려대학교 소장 〈귀여가〉에서는 군계일학(群鷄一鶴)이라는 사자성어와 유사한 뜻의 계군중(鷄群中)의 학립(鶴立), 즉 닭의 무리 속에 학이 서 있는 것이라고 평하기까지 했다. 딸에 대한 사랑이 얼마나 지극한지 화자는 고픈 배도 부르고, 없는 재미도 절로 난다고 말한다. 사랑하는 자식이 기고 걷는 모습을 볼 때 부모라면 누구나 느꼈을 감정이 여과 없이 표현되어 있다. 이 부분만을 놓고 보면 조선시대 딸에 대한 사랑도 요즘 부모가 보여주는 사랑과 별반 다를 것이 없다는 생각이 든다.

시간이 흘러 귀녀의 외모를 봄 연못에 핀 연꽃에 비유할 만큼 귀녀가 성장했다. 아기가 아니라 아이라고 부를 정도로 자란 것이다. 화자의 눈에 귀녀는 외모만 꽃처럼 아름다운 것이 아니라 조선시대 제일의 가치였던 부모에 대한 효도와 형제에

정월 초하루 조선의 여성이 아이들 손을 잡고 나들이를 하는 그림이다.
곱게 단장한 여자아이와 남자아이의 손에 놀 거리가 들려 있다.
여자아이는 엄마의 손을 꼭 잡고 있다.
일제강점기 한국에 거주했던 외국인
엘리자베스 키스(Elizabeth keith, 1887~1956)의 작품이다.
출처: 국립민속박물관

대한 우애도 타고났다. 말 그대로 천생 효녀이다. 화자는 귀녀가 고운 마음씨와 더불어 탁월한 재주도 지녔다고 칭찬하기 바쁘다. 조선시대에도 딸바보가 있다면 바로 이 노래를 짓고 부른 이들일 것이다.

글 배우는 귀녀

기역을 가르치면 가갸나냐 벌써 안다
두어줄 군두목에 정자초서 능히 안다
글 배워 문장함이 여자 직분 아니로다

화자는 한글을 배우는 데에도 딸아이가 뛰어난 소질을 지녔
다며 칭찬한다. 해당 구절이 희미해서 분명히 알기 어려운데,
앞에서 언급한 고려대학교 소장 〈귀여가〉에서는 기역을 가르치
면 가갸나냐를 벌써 알고, 한자를 가르치면 정자와 초서를 다
능히 안다고 했다. 과거에는 한글을 배울 때 가갸거겨고교구규

그기ㄱ를 외우고 다시 나냐의 순서로 익혔다. 한자를 배울 때는 한자가 아닌 단어인데도 한자로 적으면서 한자를 익혔다. 예컨대 생각을 생각(生覺)으로 적는 것처럼 말이다. 이런 것을 군두목이라고 한다. 귀녀는 한글과 한자를 익히고 쓰는 데에도 뛰어나다. 그러나 화자는 글을 배워 문장을 하는 것이 여자의 직분이 아니라며 자신의 속마음을 토로한다. 귀녀가 타고난 능력과 소질을 지녔지만 여자라는 이유로 능력과 소질을 펼치지 못하는 데에 아쉬움을 드러낸다.

귀녀에 대한 화자의 속마음이 아쉬움으로 읽히는 것은 노래의 주인공 귀녀의 공부가 거기에서 그치는 것이 아니라 점점 더 높은 단계로 나아가기 때문이다. 이어지는 노래에서 귀녀는 굴원의 이소, 도연명의 귀거래사, 소동파의 전후 적벽부, 백낙천의 비파행까지 중국의 이름난 문사들이 한문으로 지은 명문을 섭렵하는 데 이르렀다고 한다.

귀녀가 중국의 명문을 학습할 수 있었던 것은 부모가 귀녀의 능력과 소질을 인정하고 키워주고자 했기 때문이다. 여성을 위한 공교육이 존재하지 않았던 조선시대의 현실을 고려할 때 조선시대 여성 교육은 전적으로 부모가 허락해야 가능했다. 만약 부모의 응원이 없었다면 귀녀의 공부는 글자를 쓰고 익히는 아주 기초적인 단계에 그치고 말았을 것이다. 부모의 관심과 보살

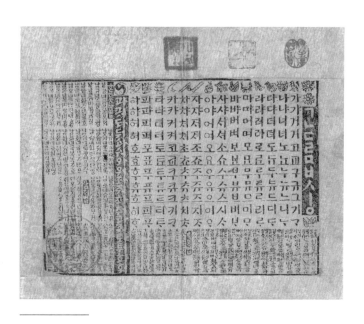

조선시대에 한글은 여자들이나 쓰는 글이라는 의미로 암글이라 불리기도 했다.
그만큼 한글은 여성의 주요 문자였다. 위의 〈한글 반절표〉는
조선시대 한글 학습을 도와주는 교재였다.
반절표를 이용해 한글 자모와 제자 원리를 익힐 수 있었다.
출처: 국립한글박물관

핌 속에 귀녀는 한가한 시간에는 동유(同類)들과 쌍륙(雙六)을 놀며, 바둑을 두고 즐거운 시간을 보낸다. 귀녀가 마냥 하고 싶고, 잘하는 일만 한 것은 아니다. 귀녀 역시 당시 여성의 중요한 의무였던 바느질, 실잣기, 베틀질 같은 가사도 열심히 익혀야 했다. 빼어난 외모에 실력 또한 출중했던 귀녀는 가사를 익히는 데에도 능숙한 모습을 보인다.

어느덧 열다섯이 된 귀녀, 무엇 하나 부족한 것이 없기에 문벌 좋은 귀한 집으로부터 중매가 들어오고, 군자(君子)와 숙녀(淑女)의 만남이라고 이를 정도로 준수한 남편을 맞이한다. 혼인을 전후로 친정 부모의 자상하고 자세한 교훈이 이어지는데, 신기하게도 이 노래에서는 당시 여성들을 괴롭혔던 시집살이가 전혀 언급되지 않는다. 귀녀를 기다리는 것은 시집살이가 아니라 남편의 과거 급제다. 남편의 과거 급제에 관해서 고려대학교 소장 〈귀여가〉에서는 등과(登科)라고 했지만 단국대학교 율곡기념도서관 소장 〈귀여가〉에서는 소년등과(少年登科)라고 한껏 치켜세웠다.

어와 좋을시고 소년등과 하였어라

얼씨구 좋을시고 한림대교 좋을시고

옥당으로 패초하니 은금패물 앞세우고

좌우로 벽제소리 길가에 진동한다

동부승지 당상하여 좌부승지 우부승지

차례로 지낸 후에 상품으로 도승지며 선혜당상

이조참판 제수하니 대사성 한 후에

예조참판 승품하여 이조병조 지낸 후에

의주부윤 잠깐 거쳐 평안감사 둘러앉아

(중략)

어와 좋을시고 우리 귀녀 팔자로다

과한을 채운 후에 이조판서 승낙하고

병조이조 도목치고 육조판서 다 지내고

대제학 선혜당상 겸대하고

충신으로 입상하니 우의정 출사하여

영의정에 올랐으니 나이 칠십이라

영부사로 치사하고 귀장 하시니

기로당상 거치시고 보조 하였어라

향곡의 별업 두고 내와 같이 낙향하니

벼슬은 아들 손자에게 현장하고

백년동락 좋을시고 우리 팔자로

오십 전 정경부인 칠십에 해로하고

자녀손자 만당하여 층층아들

금옥관자 빛날시고 빛날시고

노복전랑 광채하니 부귀겸전 그아닐까

이것이 천덕 없이 이럴쏜가?

조선시대 소년등과가 얼마나 있었는지는 모르지만, 귀녀의 남편은 중앙의 벼슬부터 지방의 벼슬까지 내직과 외직을 두루 역임한다. 특히 말년에 이조, 호조, 예조, 병조, 형조, 공조의 육조 판서를 다 지내고, 나라의 최고 문장가에게 주어지는 대제학과 조선 후기 경제를 총괄하던 선혜청의 제조를 겸했다는 언급에서 관운이 대통한 인물임을 알 수 있다. 우의정과 영의정은 그의 화려한 이력에 정점을 찍은 것이다.

우리는 앞서 갓 태어난 귀녀를 위해서 노래 속에서 오복을 빌어준 것을 알고 있다. 귀녀는 남편을 통해서 조선시대 여성으로서 누릴 수 있는 귀함을 모두 이루었다. 조선시대 재산의 척도인 노복이 집 앞에 가득하다는 말은 귀녀가 부귀를 함께 가졌음을 의미한다. 더욱이 남편의 관운은 아들과 손자의 벼슬로까지 이어졌고, 집안에는 자손이 그득그득하다. 부부 금슬도 백년해로(百年偕老)를 의미하는 백년동락이라는 말이 절로 나올 정도로 좋다. 귀녀가 이루지 못한 오복은 없다고 해도 결코 지나치지 않다. 설령 이것이 딸바보 부모의 상상과 소원이라 할지라도, 딸자식에 대한 사랑과 축복으로 가득 찬 〈귀여가〉에서 알 수 있듯이 조선시대 모든 여성의 삶이 우리의 생각처럼 마냥 고통과 불행으로 점철되었다고 보아서는 곤란할 것이다.

죽고 없는 아내를 대신하여,
아버지가 딸에게

규방가사는 여성들이 주로 창작, 향유했지만 여성들만의 전유물은 아니었다. 특히 시집가는 딸을 위한 계녀가의 경우, 어머니가 써주는 것이 일반적이지만 어머니가 죽고 없을 때에는 아버지가 대신하기도 했다. 조실부모한 경우에는 누이동생을 위해서 오빠가, 간혹 며느리를 교육하기 위해서 시부모가 계녀가를 주는 경우도 있었다. 부모가 구존하더라도 할머니가 주는 경우도 드물게 있었다. 여기에서는 아버지가 어머니를 대신해 딸에게 써준 〈교녀가〉를 통해 이들 부녀에게 어떠한 일이 있었는지, 또 아버지는 딸에게 어떤 사람이었는지 사연을 읽어보도록

하겠다.

〈교녀가〉는 1916년에 필사된 《교녀가》라는 책에 수록되어 있다. 원래 이 가사집은 풍산류씨 하회마을 화경당(북촌)에서 소장하고 있었는데 최근 해당 문중에서 한국국학진흥원에 기탁했다. 원소장처인 화경당(和敬堂)은 하회마을 북쪽에 자리 잡고 있어 북촌댁이라고도 불린다. 서애 류성룡의 7대손인 류사춘(柳師春)이 분가하여 작은 초가를 건립하고 8대손인 학서(鶴棲) 류이좌(柳台佐)가 집안의 가훈인 '화(和)로써 어버이를 섬기면 효가 되고 경(敬)으로써 임금을 섬기면 충이 된다'는 가르침을 따라 화경당이라고 이름을 지었다.

이 가사집에는 가사의 작자와 필사자의 관계, 필사자가 이 가사를 필사하게 된 경위 등을 적은 필사기가 함께 전해지고 있다. 현전하는 대부분의 규방가사의 전승과 유통 경로를 잘 알 수 없다는 점에서 이 가사집은 여러모로 특별한 자료라고 할 수 있다. 〈교녀가〉의 창작과 전승 경로에 관한 정보를 담은 필사기는 작품 말미에 다음과 같이 적고 있다.

병진년 여름 5월 24일 선인의 의리로 교훈하심을 중대히 여겨 베꼈으나 무식 불초하여 어찌 봉행하리요. 슬프다! 차세 빈천 고락이 무엇이건대. 우리 아버지께서는 명가세족이시라. 팔순 향년

동안 무관으로 풍상 고락이 몇 겹이시던가. 끝없이 푸른 하늘이 밝지 아니하고 시운이 불행하여 아버지의 학문과 재주가 경향에서 뛰어나건만 공명에 힘쓰기를 그만두시고 재주가 있으시나 운이 없어 원통하구나. 극한 고통에 금옥 같은 핏줄을 천추만대에 전하지 못하시고 유유히 느끼심을 그 사이에 생각한 것이 오래되었다. (중략) 슬퍼라! 무익하구나! 세상에 뜻을 두시고 옳은 도리를 앙망하신 바를 십분의 일도 받들지 못하고, 불초 막심하여 지하에 가 뵌들 무슨 말씀으로 속죄하리까.

필사기의 내용을 통해 아버지가 딸에게 계녀가를 주었고, 딸은 다시 병진년, 즉 1916년에 〈교녀가〉를 필사했다는 것을 알 수 있다. 필사기에서 딸은 아버지의 인생을 회고하고 있다. 딸의 증언에 따르면 명문가의 후예였던 아버지는 뛰어난 능력이 있었지만 때를 잘못 만나 벼슬을 하지 못했고 집안을 이을 아들도 두지 못했다. 아버지의 삶에 대해서 딸은 절절한 슬픔과 안타까움을 표현했고, 죽은 아버지에 대한 애절한 그리움도 토로했다. 딸이 자신의 감정을 솔직하게 표현할 수 있었던 것은 아버지와 함께한 추억이 있었기 때문일 것이다.

그리운 아내,
남겨진 딸자식

이제 아버지가 딸에게 준 〈교녀가〉의 내용을 더 자세히 살펴보도록 하자. 다음은 〈교녀가〉의 도입부다.

오홉다 여아들과 세상 여자들아
내 훈계 들어보라 임자년 여름 사월에
너의 모친 친영하여 계축년 이월 초에
신행으로 데려다가 부귀장수 다남자의
백년해로하자고 했는데 층층시하 번거로운 일
한의기식 때를 몰라 주모 고역 하더니

스물네해 뭇 소임에 고된 일만 시켰구나

내 신명 괴이하기로 과거급제 못 보이고

쓸 자식 두지 못해 노심초사 몇몇 해를

지극한 소원을 못 풀고 중도에 죽으니

가련하고 원통하다 창전에 달이 들고

원근 마을 계명성에 잠 없어 혼자 누워

옛일을 생각하니 괴이하고 가슴 막혀

진정하기 어렵구나 달이 가고 해가 넘어

모습이 멀어져가고 손끝으로 해온 의복

다 떨어져가니 아까운 그 자취를

어디서 찾는다 말인가 황량한 빈소 앞에

네다섯 어린 딸이 애고지고 하는 소리

그것이 자취인가 십여 년 좌우간의

곳곳으로 흩어진 후에 백년기약 깊은 정이

영향도 없겠구나 오홉다 여아들아

너의 외가 좋은내력 우리집 세세명성

자손에게 전하고자 했는데 쓸대없는 너의 나섯

명문지가 출가하여 수부귀 다남자의

만복창대 하거라 깨진 시루 할 수 없고

엎은 찬물을 어찌하나 불행한 너의 몸이

딸자식 되어서 남 알기에 불긴하고

나 무엇이 유관하랴 그러나 생각하니

너의 모친 혈맥이라 일찍이 어미 잃고

혈혈히 크는 모양 시시로 생각하면

골절이 매우 아프구나 너희가 없으면

그 자최 어디서 보랴 오히려 귀하건마는

옛사람 하였으되 자식을 사랑하거든

제풀로 두지 말고 가르치라 하였으니

화자가 청자에게 자신의 훈계를 들어보라고 하면서 사별한 아내에 관한 이야기부터 시작한다. 화자는 아내와 부부의 인연을 맺은 다음 함께 장수를 누리고 많은 후손을 남기면서 백년해로하고자 약속했는데 끝내 그 소원을 이루지 못했다면서 아내에 대한 측은한 마음을 표현한다. 이어서 자신은 끝내 과거에 급제하지 못했고, 아내는 쓸 자식, 곧 소원했던 아들을 두지 못해 노심초사하다가 결국에는 세상을 떠났다며 죽은 아내에 대한 슬픔과 그리움을 드러낸다. 이어서 화자는 아내의 빈자리를 떠올린다. 화자는 아내의 빈소 앞에서 울고 있는 딸아이들을 바라보며 그것이 죽은 아내의 자취인가 자문한다. 죽은 아내를 위해 차려진 빈소와 그 앞에서 울고 있는 딸아이들의 모

이 그림은 혼인한 지 60년이 된 것을 기념하기 위해 다시 한 번 혼인 의식을 치르며 장수를 축하하던 회혼례 잔치의 모습이다. 다섯 면으로 된 회혼례첩 중 둘째 면으로 자손과 하객 앞에서 노부부가 혼례를 올리고 있다. 회혼은 태어난 지 60년이 된 것을 축하하는 회갑(回甲)과 과거에 급제한 지 60년이 된 것을 기념하는 회방(回榜)과 더불어 장수와 복록을 누린 것을 기념하는 조선시대 중요한 의례였다.

출처 : 국립중앙박물관

습이 오버랩 되는 이 부분은 이 작품의 창작 동기가 단순히 훈계에 그치는 것이 아니라 아내에 대한 그리움과 딸들에 대한 애틋하면서도 미안한 마음과 사랑 등 여러 감정이 뒤섞여 있음을 말해준다.

딸에게 주는 경계의 말

화자는 딸들을 향해 만복창대(萬福昌大)하라고 축복한 뒤에 〈교녀가〉를 짓게 된 이유를 넌지시 말한다. 어머니를 잃은 딸들의 운명을 깨진 시루와 엎지른 물에 비유하며 딸들을 남에게 맡길 수도 없고, 아버지인 자신이 해줄 수 있는 것이 없다고 생각했다가 문득 그렇지 않다는 것을 알게 되었다고 말이다. 생각해보니 딸들이야말로 죽은 아내의 혈맥이고, 어미 없이 크는 딸들의 모습이 뼛속까지 자신을 아프게 한다고 탄식한다. 화자의 탄식에는 딸들에 대한 사랑과 걱정, 책임감이 깔려 있다. 무엇보다 화자가 딸들을 귀한 존재로 인식한 것은 딸들의 모습에서 사랑하는 아내의 모습을 발견했고, 죽은 아내를 위해서라도 딸들을 잘 키워야 한다는 생각에 이르렀기 때문이다. 화자는 사랑과 걱정, 책임감에 딸들에게 교훈을 전하게 된 것이다. 그럼 아버지가 딸에게 어떤 교훈을 주는지 알아보자.

　　몸뚱이 생겨나고 성정지각 타는 것을
　　대강 알아들었는데 자세히 생각하라
　　여자훈계 하자하니 여자행실 말하니라
　　제 어미 뱃속에서 열 달 동안 소중히 있으면서
　　입맛 그쳐 절곡하여 뼈만 붓게 하여 놓고
　　병들어 시어지게 하여 놓고 자현중에
　　당황하고 동티날까 놀라보고 남녀를
　　잠시 몰라 밤낮으로 마음 쓰며 애간장을
　　녹이다가 삼신아기 받은 후에 딸 낳으면
　　낙심하여 고깃국 좋은 밥을 눈물 섞어
　　못 먹으면 후복통 산후통 젖몸살
　　온갖 병 얻어 고질되니 쓸데없고 헛되도다
　　무엇이 유관하리 그러나 부모자애
　　아들딸 등분 없어 핏줄로 인정나고
　　얼굴 보고 사랑 생겨 쥐게 되면 꺼질까

불게 되면 쓰러질까 근근하고 간간하여

내 괴로움을 전혀 몰라 진자리 내가 눕고

마른자리 너 눕혀서 이불 안에 똥오줌을

척척하게 대한 것이 예사로다

    화자는 여자 훈계를 한다면서 여자 행실을 자세히 말한다. 임신을 하게 되면 입덧과 부종으로 고생하고, 때로는 자현증(子懸症)으로 크게 놀라며 아이의 성별을 알지 못해서 애태운다고 임신 중에 여자들이 경험할 수 있는 여러 일을 자세히 서술한다. 여기에서 자현증은 임신 중에 태기가 위로 치밀어 가슴과 배가 더부룩하고 답답하며 숨이 차는 증상이다. 아버지는 세심하게도 임신 중에 여성들이 경험하는 증세까지 언급한다. 그리고 아버지는 해산일이 되어 딸을 낳으면 실망하여 울다가 몸조리를 제대로 하지 못해 여러 병을 얻는다고 한탄한다. 내용상 화자가 말하는 여자 행실이란 여자가 지켜야 하는 것이 아니라 여자에게 장차 일어날 일로, 아이를 갖게 되면서 겪는 몸과 마음의 고생에 관한 것이다. 특히 화자는 딸을 낳았다고 낙심하여 몸조리를 제대로 하지 못하면 오히려 온갖 병을 얻고 그것이 고질병이 되니 절대 그렇게 하지 말라고 가르친다.

아버지가 널 키울 적에

앞에서 본 것처럼 〈교녀가〉의 작자와 독자는 아버지와 딸로, 아버지는 딸에게 자신은 딸을 가졌다고 슬퍼한 적이 없다면서 너역시 딸을 낳았다고 괴로워하지 말라고 당부한다. 아버지는 부모라면 아들딸 구분 없이 사랑으로 자식을 대한다면서 쥐면 꺼질 듯 불면 쓰러질 듯 딸의 모습에 마음 졸이고, 진자리는 내가눕고 마른자리는 너를 눕힌다면서 딸에게 모든 것을 주고 싶어하는 마음을 표현한다.

　웃음 웃고 뒤집기하고 일어날 때 재롱에

하여가니 이런 사랑 또 있는가 눕혀 보고

안아 보아 둥개둥개 취이면서 안아 척척

얼러보자 이것이 웬것인가 내속에서

나왔는가 하늘에서 떨어졌는가 땅에서

솟았는가 바다 속 구슬이냐 들 속의

백옥이냐 금릉정당 부용화이냐 우리 아기

기묘절묘 남의 아들 부러울까

이어서 딸아이 모습에 웃음 짓고, 재롱에 어쩔 줄 몰라 하는 아버지의 모습을 실감나게 그리고 있다. 그 모습과 관련하여 아이 어르는 노래 일부를 가져와 자신의 기쁜 마음을 드러내기도 한다. 아이를 임신한 이후에 여성에게 일어나는 여러 변화나 갓난아이가 하루하루 커가는 모습과 관련한 내용은 가족으로서의 생활 경험과 그에 따른 기억을 공유하지 않았다면 좀처럼 서술하기 어려운 내용이다. 하지만 더 중요한 것은 아버지가 그 모습을 기억하고 가사에 담아냈다는 것이다. 이처럼 시집가는 딸을 생각하는 아버지의 세심한 마음이 나타난 작품으로 〈여아살펴라〉가 있다.

네가 떠난 지가 거년 일삭이라

무심한 아비이지만 아주야 잊을쏘냐

저쪽 사방으로 알던 곳을 두남두고

문밖을 나서보면 그곳으로 눈이 가고

본심이 돌아오면 네 생각이 나는구나

아비의 탄솔함이 옛사람의 마음이라

호박한 이 세상의 옛사람이 어이 사리

〈여아살펴라〉는 화자가 청자를 2인칭 대명사인 '너'로 지칭하면서 시작한다. 청자를 '너'라고 부르면서 작품이 시작된다는 것은 실제 작자와 독자 사이의 심리적 거리가 매우 가깝다는 것을 말해준다. 화자와 청자가 나와 너의 관계로 설정되면 작품 바깥에 있는 작자와 독자 사이의 긴밀성은 강화되고, 독자는 작자의 전언을 적극적으로 수용해야 할 의무감을 갖게 된다. 그만큼 나와 너의 관계를 사용하는 작품에서 작자와 독자 사이의 거리는 영(零)에 가까워진다.

시집간 딸을 그리워하며

이어서 화자는 자신을 '무심한 아비'라고 소개하고, 딸인 청자가 거년(去年) 곧 지난해에 혼인했다는 사실을 서술한다. 그러면서 화자는 어찌 너를 잊을 수 있겠냐며 '-ㄹ쏘냐'의 강한 부정의 종결어미와 '아주야'라는 강조의 부사어를 사용하여 청자에 대한 그리움을 드러낸다. 화자가 이러한 태도를 보인 것은 실제로 청자와 재회하기가 요원하기 때문이다. 작년에 시집간 청자가 가까운 시일에 귀녕한다는 것은 현실적으로 어려운 일이었다. 화자도 이러한 상황을 잘 알고 있었기에 청자에 대한 그리움이 사무칠 수밖에 없었을 것이다. 청자의 부재로 화자의 공간은 적막하기 그지없다. 화자의 시선은 청자의 흔적을 따라 집안 구석구석을 살피지만 청자의 부재로 인한 허전함만 느낄 뿐이다. 화자의 모든 생각과 느낌은 청자의 부재에서 비롯되고 있다.

> 만복 길러 치룬 후에 당일 신행 보내니
>
> 정신을 차릴쏘냐 두세가 있을쏘냐
>
> 외로이 안자 생각하니 걸린 일도 많구나
>
> 부지불각 갑작스럽게 시댁 문전 들어가서
>
> 십목소시 앉은 중에 응당 실수 많으리라
>
> 머리단장 비녀 꼽기 손 설어 어이 하며
>
> 출입기거 몸조심을 작심하기 어려워라
>
> 깨워야 일어나는 잠 날 새는 줄 어이 알며
>
> 유난이 타는 무서움 날 저물면 어이 할꼬
>
> 여공백사 볼작시면 한 가지도 못 능하니
>
> 십팔 년 배운 일이 잘하는 게 무엇이냐
>
> (중략)
>
> 못 가르치고 못 배운 일 부녀 책망 일반이라
>
> 무능한 아비 성정 자식조차 무능하다
>
> 너의 형들 출가할 제 볼 모양이 없었으나

후한 시댁 만나서 알뜰히 교훈 받은 후에

출등하지는 못할망정 제 앞은 닦는구나

너도 마음 다시 먹어 시댁 견문 본을 받아

일심으로 배우면 처질 날이 없을 것이니

남혼여취 하는 것을 성인이라 하느니라

성인 출처 알았거든 자세히 듣거라

　화자는 혼인식을 한 당일 시댁으로 딸을 보낸 뒤에도 계속해서 청자를 걱정한다. 청자를 떠나보내고 외로이 있는 화자에게 자꾸 마음 쓸 일만 떠오르는 것이 당연하다. 화자의 마음에는 청자가 행여 시댁에서 실수하는 일이 없을까 하는 걱정으로 가득하다. 가령 머리단장이나 비녀 꼽기처럼 여성으로서 자신을 잘 꾸미고 있는지, 출입과 기거로 요약되는 시집생활을 잘하고 있는지, 아침잠이 많아서 늦게 일어나는 것은 아닌지 등등 화자는 청자에 대한 걱정으로 심란하다. 특히 유난히 무서움을 많이 타는 청자를 걱정하는 화자의 모습은 청자에 대한 화자의 지극한 사랑을 구체적으로 보여준다. "어릴 적에 굽은 나무 커서는 길마 되고 / 집에서 새든 박이 들에 가서 새느니라". 이처럼 화자의 눈에 청자는 한없이 부족하고 연약한 존재로 보일 수밖에 없다. 그리고 "여공백사 볼작시면 한 가지도 못 능하니 / 십팔 년 배운 일이 잘하는 게 무엇이냐"라며 자기 자식이 어느 하나 내세울 것이 없다고 말하는 데에는 시댁에서 청자가 가질 부담감을 조금이라도 덜어주기 위한 따뜻한 배려와 사랑이 자리하고 있다. 그렇기에 화자는 "못 가르치고 못 배운 일 부녀 책망 일반이라"며 너만의 문제가 아니라고 청자를 위로하고, 이어서 "무능한 아비 성정 자식조차 무능하다"라며 너의 잘못이나 실수는 모두 아비인 자신이 무능한 탓이니 너무 걱정하지 말라고 말한다. 화자가 자신을 한껏 낮춘 것은 시댁에서 청자에게 가해질 질책이나 실망을 자신이 대신 떠안기 위해서다. "후한 시댁 만나서"와 "시댁 견문 본을 받아"라며 화자가 딸의 시댁을 한층 높인 것도 시댁에서 딸이 좋은 대우받기를 바라는 마음을 우회적으로 표현한 것이다. 청자에 대한 아낌없는 사랑과 믿음을 보여준 화자는 청자에게 그러한 '마음'을 다시 먹으라면서 교훈을 전한다.

앞에서 말한 것처럼 시집가는 딸에게 어머니가 가사를 주는 것이 일반적이었지만 경우에 따라서는 어머니를 대신해 아버지가 그 일을 맡기도 했다. 딸에게 가사를 준 아버지들은 시집가는 딸에 대한 걱정과 염려, 사랑과 그리움 등의 여러 감정을 가사로 표현했다. 이들이 가사에서 표현한 감정은 조금 지나쳐 보이기도 한다. 그러나 지금처럼 교통과 통신 수단이 발달하지 않

조선시대 한글은 여성의 문자였다. 남성은 여성과 편지를 주고받을 때 한글을 사용해야만 했는데, 왕도 예외가 아니었다. 이 편지는 효종이 그의 딸 숙명공주에게 보낸 편지이다. 딸인 숙명공주에게 "너는 시집에 가 바친다고는 하거니와 어찌 고양이는 품고 있느냐? 행여 감기나 걸렸거든 약이나 하여 먹어라" 하면서 안부를 묻는 내용이다. 왕과 공주가 아닌 아버지와 딸 사이의 다정한 대화로, 딸을 사랑하고 아끼는 인간 효종의 모습을 엿볼 수 있는 편지이다.

출처: 국립청주박물관

은 그 시절에 친정나들이조차 자유롭게 하지 못했던 여성들의 상황을 떠올린다면 시집가는 딸과의 이별은 영원한 이별이 될 수도 있었다. 아버지에게 가사는 시집가는 딸에게 감정을 표현할 수 있는 마지막 기회일 수 있었다. 우리는 이런 가사를 통해서 아버지가 딸을 사랑하고 그리워하는 마음이 어머니와 크게 다르지 않았으며, 딸을 위해 자신의 마음을 표현하는 아버지도 적지 않게 존재했었다는 것을 새삼 알 수 있다.

귀녀에서 부녀로의
꿈과 욕망

삶의 무게에 짓눌릴 때면 우리는 꿈을 꾼다. 현실에서 쉽게 일어날 수 없는, 상상 속에서나 가능한 일을 떠올리며 현실의 고통을 참고 견딘다. 전근대 시기 여성들도 자신들이 원하는 삶을 꿈꾸며 답답한 현실을 참고 견뎠다. 그 시기 여성들이 꿈꾸던 삶의 모습을 알 수 있는 대표적인 노래가 바로 〈복선화음가〉다.

〈복선화음가〉라는 제목이 널리 알려졌지만, '노래'를 의미하는 '가(歌)' 대신에 이야기를 의미하는 '록(錄)'을 제목에 사용해 〈복선화음록〉이라고 된 작품도 상당히 많다. 이외에도 다양한 제목이 있다. 하늘이 응답한 규중의 이야기를 뜻하는 〈규중감응편〉, 본받을 만한 어느 부인의 이야기를 뜻하는 〈부인행실록〉, 주인공 김씨가 효행을 다한 노래를 뜻하는 〈김씨효행가〉, 집안을 다스린다는 뜻의 〈치가사〉라는 제목의 작품도 있다.

가장 많은 제목은 〈복선화음록〉과 〈복선화음가〉다. 노래와 이야기를 아우르는 제목처럼 이 계열의 작품은 19세기 후반에서 20세기 초에 유통된 규방가사 중에서 가장 이본이 많다고 해도 과언이 아닐 정도로 널리 유통되었다. 유사한 내용의 이본이 많다는 사실은 당시에 많은 사람들이 이 작품을 창작하고 향유했다는 직접적 증거이다. 실제로 서울, 경기, 충남, 충북, 경북 등 다양한 지역에서 유통되었다. 〈복선화음가〉의 광범위한 유통 상황을 놓고 볼 때 규방가사가 일부 지역에 국한한 문학이 아님을 알 수 있다.

노래 제목으로 사용된 '복선화음(福善禍淫)'은 하늘의 도는 선한 자에게 복을 주고, 악한 자에게는 재앙을 준다는 뜻으로, 중국 고대 제왕의 언행을 기록한 《서경(書經)》에서 유래했다. 이 제목을 통해 우리는 〈복선화음가〉가 교훈을 전하기 위한 노래라는 것을 짐작할 수 있다. 이제 교훈에 관한 노래가 어떻게 전근대 시기 여성들의 꿈과 욕망을 노래했는지를 살펴보도록 하자.

《탐라별곡》이라는 가사집에 수록된 〈복선화음록〉이다.
"겨오틔두고보게하여라" 곁에 두고 보게 하라는 말이 적혀 있고,
〈복선화음록〉이 시작된다. 〈복선화음가〉가 여성의 교훈 가사로
향유되었음을 보여주는 글귀이다.

출처: 국립한글박물관

어와 세상 사람들아 이내말씀 들어보소

불행한 이내몸이 여자몸이 되었으니

이한림의 증손녀요 정학사의 외손녀라

소학효경 열녀전을 십여 세에 외워내고

처신범절 행동거지 침선방적 수놓기도

십사 세에 통달하니 누가 아니 칭찬하랴

악한 행실 경계하고 착한 사람 본을 받아

일동일정 선히 하니 남녀노소 하는 말이

천상적강 이소저는 부귀공명 누리리라

그 얼굴 그 태도는 천만고에 처음이라

이렇게 칭찬받고 금옥으로 귀히 길러

이 작품은 《규방가사》 I 소재 〈복선화음가(福善禍淫歌)〉로, 규방가사 연구에 평생을 바친 권영철 선생이 안동 지역 일대에서 수집한 것이다. 작품의 서두는 세상 사람들을 향해 내 이야기를 들어보라는 것으로 되어 있는데, 복선화음을 주제로 하는 대부분의 작품은 이처럼 세상 사람들에게 말을 건네는 것으로 시작한다.

이어지는 제2행에서 화자는 자신을 불행한 여자라고 소개한다. 화자가 자신을 불행한 여자라고 소개함으로써 노래를 듣는 이들은 화자가 특별한 고난을 겪은 사람이라는 것을 직감한다. 더욱이 세상 사람이라면 누구나 피하고 싶은 불행을 자신의 운명이라고 규정했기에 청자는 화자의 사연이 궁금할 수밖에 없다.

제3행에서 화자는 자신을 이한림(李翰林)과 정학사(鄭學士)의 후손이라고 소개하고, 제4행에서부터 자신의 유년 시절을 구체적으로 이야기하기 시작한다. 그녀는 자신이 10세 무렵에 유교 경전을 익혔고 14세가 되어서는 행실과 여공에 통달했다고 말한다. 더욱이 자신의 모든 행실은 선에 부합한다며, 다른 사람들의 입을 빌려 자신을 하늘에서 내려온 존재라고 칭찬한다.

제10행에 이르러 자기 외모가 천만고(千萬古)에 처음 있는 것이라며 한층 자신감을 드러낸다. 화자의 유년 시절은 화자 스스로가 '금옥'이라고 표현했을 정도로 더할 수 없이 화려하고 행복한 시기였다.

화자는 자신을 불행한 여자라고 했지만 지금까지의 내용에서 화자가 겪은 불행이 무엇인지 쉽게 확인되지 않는다. 자연스레 청자는 화자의 이야기에 관심을 더 가질 수밖에 없다. 화자가 아무런 갈등 없이 성장하는 유년 시절은 이후에 겪게 되는 고난에 대한 복선처럼 보이기도 한다. 주인공의 신분과 관련해 이본마다 약간씩 차이를 보이지만 자신을 명문가의 후손으로 소개하는 데는 변함이 없다. 그렇다면 명문가에서 금지옥엽으로 자란 화자의 불행은 어디에서 시작되었을까?

강호에 득달하니 시댁이 어디던고

주렴 속에 잠깐 보니 수간모옥 시냇가에

동래서북 가련하다

반벌은 좋건마는 가세가 영체하다

(중략)

폐백을 드린 후에 눈을 감고 앉았으니

허다한 구경꾼이 서로 일러 하는 말이

아까울사 저 신부야 곱게 사랑 속에 기른 낭자

간구한 저 시집에 그 고생을 어찌할꼬

극난하기 혼인이라 저토록 속았는가

하룻밤 지낸 후에 돌아가려 할 적에

배행 왔던 오라버님 날을 보고 하는 말씀

가세가 이러하니 할 일 없다 도로가자

차마 혼자 못 가겠다 어여쁜 우리 누이

이 고생을 어찌 하리 두 말 말고 도로가자

작품의 도입부에서 화자는 사람들을 향해 자신이 불행하다고 했지만, 앞에서 살펴본 것처럼 유년 시절의 그녀는 금옥처럼 귀한 존재였다. 화자의 불행이 시작된 것은 수간모옥(數間茅屋)으로 상징되는 가난한 집으로 시집을 갔기 때문이다.

파혼을 권하는 오빠,
파혼을 거부하는 동생

화자의 딱한 처지는 시집온 신부를 바라보는 허다한 구경꾼들의 말과 배행 왔던 오빠의 말씀을 통해 제시된다. 화자를 걱정하고 동정하는 이들로 말미암아 화자의 안타까운 처지는 더욱 부각된다. 특히 시댁에 온 다음날, 동생에게 파혼을 권하는 오빠의 언행은 지금 봐도 무척 파격적인데, 당시에는 상당히 충격적이었을 것이다. 오빠의 파격적인 언행을 통해서 시댁의 형편이 무척 어렵다는 것을 충분히 짐작할 수 있다.

　오라버님 하는 말씀 이 말이 웬 말이오

삼종지도 중한 법과 여자유행 알았으니

부모형제 멀었으나 행의예혼 할 적에

재물을 의논함이 이적의 천한바요

사군자의 경계로다

수간모옥 적은 집은 구고 계신 내 집이요

안팎 중문 번화 갑제 친부모의 옛집이다

하늘이 정한 팔자 순종하면 복이 되고

시댁이 간구하나 천생지록 있으리라

굶고 헐벗기 매양이며 가도가 심하여도

구고의 뜻을 받아 효성으로 봉양하면

도로 감동하시어 불쌍 기특 사랑하오

그런 말씀 다시 말고 초치를 보중하사

평안지중 환차하셔서 시댁이 간구한 말

부모님께 부디 마오

자애자정 우리 부모 이 말씀 들으시면

가뜩이나 늙은 친당 침식이 불안한데

선웃음 좋은 말로 시가를 자랑하여

부모 마음 편케 해주오

그런데 화자는 자신을 생각해주는 오빠에게 마냥 수동적이지 않다. 오히려 화자는 "웬 말이오"라며 오빠의 기대와는 다르게 응답한다. 화자는 결혼하면 남편을 따르고 친정을 떠나야 하는 '삼종지도'와 '여자유행'의 도리를 어길 수 없다고 항변하며, 예를 행하는 혼인에 재물을 입에 담는 건 이적(夷狄) 즉 오랑캐나 있는 일이라며 단호한 태도를 보인다. 특히 사군자에게 경계가 된다고 말함으로써 이 모든 일이 여자에게만 국한된 일이 아니라 남자에게도 두루 통하는 일임을 강조한다. 이어서 화자는 시집과 친정을 비교하면서 팔자에 순종하면 하늘의 도가 선한 사람에게 복을 내리고 악한 사람에게 화를 내린다는 복선화음(福善禍淫)의 논리를 편다. 그러면서 엄격하신 시부모님도 효성으로 봉양하면 감동하여 자신을 불쌍하고 기특한 존재로 여기고 사랑할 테니 걱정하지 말라고 오빠를 안심시키기까지 한다. 끝으로 자신을 아끼고 사랑하는 부모에게 시댁이 어렵다는 말을 부디 하지 말아 달라며 간곡하게 부탁한다. 마지막에 화자가 이렇게 부탁한 것은 자신의 상황을 알게 된 연로한 부모님이 행여 충격을 받을까 두렵기 때문이다.

화자는 오빠를 설득하기 위해 유교 이념에 따른 명분과 오빠가 거부할 수 없는 심정적 이유를 댄다. 이들의 대화를 통해 우리는 화자가 오빠를 설득할 정도로 지혜를 갖추었으며 자신보다 부모의 안위를 걱정하는 효성스럽고 현숙한 인물임을 알 수 있다. 이와 관련해 여성으로서 갖추어야 할 능력과 행실에 관해서도 이본마다 약간씩 차이를 보이지만 모든 이본에서 화자는 공히 모범적이고 고귀한 존재로 묘사된다.

다시 그 장면으로 돌아가보자. 오빠가 화자에게 파혼을 권유하고 친정으로 돌아가자고 한 것은 시댁이 경제적 사정이 너무나 열악했기 때문이다. 주인공이 시부모를 봉양하기 위해 부엌에 들어갔지만 거기에는 달랑 국을 끓이거나 약을 달이는 탕관(湯罐) 하나만 있을 뿐이었다. 주인공은 하녀를 시켜 이웃집에서 쌀을 꾸려고 했지만 오히려 전에 꾼 쌀도 갚지 못했다는 모욕과 박대를 당하고 만다. 결국에는 시집올 때 가져온 혼수까지 내다 팔면서 살림을 유지하고 집에 찾아온 손님들을 접대하는 상황에 이른다. 그런데 시집 식구들은 가난한 살림살이에 대해 부끄러워하지도 않고, 주인공에게 미안한 감정도 없다. 시부모와 남편은 주인공의 노고에도 특별한 관심을 보이지 않는다. 시부모와 남편은 경제 문제에 관해서는 방관적 태도를 보인다.

부녀,
부자가 되기로 결심하다

간신히 시집 생활을 하던 중에 주인공은 자신의 신세를 한탄하며 "이목구비 모두 있고 수족이 정정하니 (중략) 천한 욕을 면하리라 분한 마음 깨쳐 먹고 치산범절 힘쓰리라 김부자 이장자가 제 본래 부자던가? 밤낮으로 힘써 벌면 내인들 아니 부자 될까?"라며 자신의 처지를 자각하고 적극적인 치산 활동을 결심한다. 그래서 집 안에서는 방적(紡績)과 침선(針線)을, 집 밖에서는 논농사, 밭농사, 과수까지 영농을 통해 부를 축적하고, 그것을 이용해 논과 밭을 사며 심지어 사채업까지 하게 된다.

사채업의 흔적은 〈복선화음가〉 계열의 작품에서 쉽게 확인된다. '한 해 동안에 이자를 얼마씩 주기로 하고 꾸어 쓰는 돈'이라는 의미를 가진 '도짓돈'이 바로 그것이다. 〈복선화음가〉 계열 작품에서 '도짓돈'은 주인공이 자신의 부를 자랑하는 자리에서 자주 언급된다. 〈복선화음가〉 이본 중에서 가장 이른 시기인 1872년 한양에서 유통된 것으로 추정되는《언문고시(諺文古詩)》소재 〈규중감응편〉에서는 "앞뜰에는 논을 사고 뒤뜰에는 밭을 사고 (중략) 도짓돈 천 냥이요 쓸 데가 족하다"로, 한참 시간이 지난 1924년에 필사된《언간요초》소재 〈복선화음록〉에서는 액수가 크게 늘어 "올벼 타작 일천 석은 하늘 창고에 쌓아두고 늦벼 타작 삼천 석은 땅 창고에 쌓아두고 도짓돈 오천 냥은 쓸 데가 넉넉해"처럼 광범위하게 확인된다.

여성들의 경제 활동과 관련해 조선 후기 실학자 이덕무는 선비를 교육하기 위해 쓴《사소절》에서 선비의 아내도 형편이 어려우면 생계를 위해서 여공(女工)의 일단으로 약간의 경제 활동을 할 수 있다며 다음과 같이 이야기했다.

선비의 아내가, 생활이 곤궁하면 생업을 약간 경영하는 것도 불가한 일이 아니다. 길쌈하고 누에 치는 일이 원래 부인의 본업이거니와, 닭과 오리를 치는 일이며 장·초·술·기름 등을 판매하는 일이며 대추·밤·감·귤·석류 등을 잘 저장했다가 적기에 내다 파는 일이며, 홍화(紅花)·자초(紫草)·단목(丹木)·황벽(黃蘗)·검금(黔金)·남정(藍靛) 등을 사서 쌓아 두는 일은 부업으로 무방하다. 그리고 도홍색·분홍색·송화황색(松花黃色)·유록색(油綠色)·초록색·하늘색·작두자색(雀頭紫色)·은색·옥색 등 모든 염색법을 알아두는 것도 생계에 도움이 될 뿐만 아니라, 또한 여공의 일단인 것이다. 그러나 이욕에 빠져 너무 각박하게 하여 인정에 가깝지 못한 일을 한다면, 어찌 현숙한 행실이겠는가?

돈놀이하는 것은 더욱더 현부인의 일이 아니다. 적은 돈을 주고 많은 이식을 취한다는 그 자체가 의롭지 못한 일이 될 뿐만 아니라, 만일 약속 기일을 어기고 상환하지 않으면 가혹하게 독촉하고 악담을 마구 하게 되며, 심지어는 여종으로 하여금 소송케 해서 그 일이 관청 문서에 기재되게 되어 채무자가 집을 팔고 밭을 파는 등 도산하고야 마니, 그 원성이 원근에 파다하게 되며, 또는 형제 친척 간에도 서로 빚을 얻거니 주거니 하여 오직 이익에만 급급할 뿐, 화목하고 돈후하는 뜻은 전혀 잃게 되는 것이다. 내가 볼 때 돈놀이하는 집은 연달아 패망하니, 그것은 인정에 가깝지 못한 일이기 때문이다.

이덕무는 여성의 경제 활동을 긍정하고 그와 관련된 다양한 경제 활동을 열거하고 있지만 돈놀이만큼은 해서 안 된다고 강조한다. 그가 돈놀이를 비판한 것은 비싼 이자를 받는다는 점에서 의롭지 못한 일이라고 생각했기 때문이다. 비판의 대상이 되었다는 사실은 그만큼 돈놀이가 당시 여성들에게 중요한 재산 증식의 방법으로 자리 잡았음을 짐작하게 한다. 이덕무의 《사소절》에서 의롭지 못한 행위로 비판받은 여성들의 돈놀이가 〈복선화음가〉 계열의 작품에서 당당하게 언급될 수 있었던 것은 여성들의 경제 활동을 긍정하는 사회적 분위기가 형성되어 있었기 때문이다.

〈복선화음가〉의 여성 주인공이 지탄의 대상이었던 고리대금의 일종인 '도짓돈'을 가사에서 당당하게 노래할 수 있었던 것은 그것이 모두 복선화음의 결과였다는 점도 주목할 지점이다. 〈복선화음가〉가 성행하던 19세기 후반부터 20세기 초반에는 사상사적으로 복선화음 사상이 크게 유행하고 있었다. 복선화음은 말 그대로 하늘의 도는 선한 자에게 복을 주고, 악한 자에게는 재앙을 주는 것을 의미한다. 여기에 비추어 보면 적극적인 치산 활동과 그로 인한 치부는 모두 여성 주인공의 헌신적인 노력과 희생 덕분이었고, 그녀는 경제적 부를 사용하여 시부모를 극진히 봉양하고 어려운 친척과 이웃들을 적극적으로 구제한 모범적인 인물이었다.

안팎 마구 노쇠나귀 때를 찾아 우는 소리

십이중문 줄행낭줄 왕방울을 걸어두고

고대광실 높은 집에 추녀마다 풍경 달아

동남풍이 건듯하면 잠든 나를 깨웠어라

보라대단 요이불을 반자까지 도로 쌓고

용목괘상 두리상을 자개장롱 겹쳐 놓고

오동 서랍 백통 연죽 서초 양초 가득하며

왜화기며 당화기와 동래 반상 안성 유기

삼 칸 창고에 가득하고 수중 하인 열둘이요

여자 하인 스물둘이라 좌우로 벌여 서니

육 칸 대청 가득하다

(중략)

날마다 소를 잡아 부모 봉양 유족하다

찬물도 허다하다 아침저녁 갈아놓고

혼전신성 할 적에 갖은 실과 약주로다

앉은 나락 선 다락에 갖은 찬합 열두 서랍

꿀병사탕 편강이며 약과 산자 장복이라

주먹 같은 굵은 대추 춘시 호두 겹쳐놓고

전복쌈 약포육 생율 쳐서 세워놓고

후추 생강 양념이며 은안백척 인절미라

시집온 지 십년만에 가산이 이러하오

적극적으로 돈을 벌어 부를 이룬 주인공이 누리는 물질적 보상은 다채롭고 풍부하기 그지없다. 그런데 현실에서 과연 이와 같은 물질적 보상이 가능했을까? 가령 날마다 소를 잡아 부모를 봉양한다는 이야기가 현실성이 없는 것처럼, 주인공이 누리는 물질적 보상도 여간해서는 일어나기 어려운 일이다. 삼시 세 끼는커녕 수시로 배를 곯아야 했던 시절에 쉽게 구할 수 없는 여러 간식과 양념도 그렇다. 언뜻 〈복선화음가〉에서 나온 물질적 보상은 경제적 여유나 가세를 과시하는 것처럼 보인다. 그러나 이 모습이 비현실적이고 과시적이라고 비난할 수 있을까? 설령 비현실적이고, 과시적이라 하더라도 호화로운 모습을 자세히 노래했다는 사실은 어느 정도 당시 여성들의 꿈과 욕망을 반영한다고 생각한다.

〈복선화음가〉의 여성 주인공은 제목 그대로 '선한 자에게 복을 주고, 악한 자에게 벌을 내려준다'라는 복선화음 사상을 몸소 실현한 이였다. 〈복선화음가〉는 제목처럼 교훈적 의미를 강하게 내포하고 있다. 그래서 일부 연구자들은 〈복선화음가〉를 가부장적 이데올로기의 산물로 해석하기도 한다. 그런데 이 관점은 〈복선화음가〉의 수다한 이본이 발생한 배경을 제대로 설명하기 어렵다. 〈복선화음가〉 계열의 작품이 단순히 이데올로기의 도구로 사용된 것이 아니라 당시 사람들에게 계녀가로서의 효용성을 널리 인정받았기에 많은 사람이 창작하고 향유했을 것이다.

2

세상 밖으로

출처: 국립한글박물관
〈경성가두인물전람〉《별건곤》1929년 11호)

때가 왔네 때가 왔네 남존여비 없어지고
남녀평등 때가 왔네 칠야의 깊이든 잠
날샌 줄 모르고서 잠꼬대로 알지 말고
어서 바삐 꿈을 깨어 사람노릇 하여보세

변화를 마주한 여성들

개항과 함께 구한말 조선은 변화로 요동쳤다. 1894년 갑오개혁을 기점으로 여성의 재혼을 공식적으로 승인했다. 한국 내 여성 선교사들이 활동하면서 여성의 사회진출의 필요성과 당위성을 알렸고, 〈독립신문〉에서는 나라의 힘을 키우기 위해서는 교육받은 여성의 힘이 필요함을 전파했다. 이러한 분위기에 힘입어 1898년 9월 1일 서울 북촌 양반 부인 300~400명이 뜻을 모아 최초의 여성 인권선언문인 〈여권통문〉을 발표했다. 선언문에는 여성의 사회 참여와 교육, 남녀평등에 대한 내용이 주로 담겼다. 남성과 동등한 교육 없는 남성과 같은 직업을 가질 수 없으며 여성의 사회 참여는 불가능한 것이니, 어서 여학교를 설립하라고 촉구했다.

이후, 경성을 비롯한 평양, 광주, 대구 등지에 여성을 교육하는 근대 학교가 설립되기 시작했다. 소수이긴 했지만 경성 유학을 다녀온 여성들이 등장했고, 신식 교육을 받은 여성 지식인들이 본격적으로 글을 통해 자신들의 목소리를 잡지, 신문을 통해 세상에 전달했다. 이전까지 여성의 일이라고 치부되었던 육아, 집안일이 얼마나 수고스럽고 힘든 일인지를 피력하기 시작했고, 과연 이런 일이 여성의 전유물인가에 대한 문제제기가 신여성들 사이에서 꿈틀대기 시작했다.

현모양처는 이상을 정할 것도, 반드시 가져야 할 바도 아니다. 여자를 노예로 만들기 위하여 부덕(婦德)을 장려한 것이다.

(글 나혜석, 〈이상적 부인〉《학지광》1914년 12월호)

자식은 모체의 살점을 뜯어먹는 악마다. 모친의 사랑이라는 것은 처음부터 모된 자 마음속에 구비하여 있는 것같이 말하나 나는 도무지 그렇게 생각이 들지 않는다.

(글 나혜석, 〈모(母) 된 감상기〉《동명》1923년 21호)

근대시기 신여성으로 유명했던 나혜석이 쓴 글이다. 그녀는 전통사회에서 여성이 지향해야 할 이상적인 여성상인 현모양처를 '노예'라고 폄하한다. 이어 고결하다고 여겨지는 모성애에 대한 솔직한 심정을 적음으로써 당시 많은 사람들에게 충격을 주었다. 뿐만 아니라 나혜석은 우리나라 여성 최초로 이혼 사유를 당당하게 밝힌 〈이혼고백서〉를 잡지에 발표하여 큰 파장을 불러일으키기도 했다. 나혜석처럼 서구식 교육을 받은 엘리트 계층 여성들의 파격적인 생각을 담은 글은 잡지와 신문을 통해 전파되었다. 그녀들은 전문적인 교육을 받았고 자신의 생각을 전달할 수 있는 잡지를 직접 창간하기도 하였으며, 잡지《신여성》,《신여자》의 주요 독자이자 작자였기 때문에 이를 통해 나름의 여론을 형성할 힘도 갖게 되었다.

남녀평등과 교육의 기회 보장에 대한 주장은 신식 교육을 받은 여성들이 전적으로 주도한 것은 아니지만, 신여성들이 근대시기 여성 인권에 대한 여론 형성에 큰 기여를 했음은 분명한 사실이다. 그녀들이 가진 파격적인 생각은 신여성이 아닌 구여성을 향한 발화였기에 잡지를 넘어 구여성의 소통 매체였던 규방가사에도 남녀평등과 여성의 교육받을 권리를 주장하는 내용이 담기게 되었다.

특히 서울에서 시작된 여성 인권 운동인 〈여권통문〉 속 담론

〈여권통문〉은 최초의 한국 여성 인권 선언서이다. 갑오개혁 이후 근대화가 시작되면서 한국 여성들이 스스로의 권리를 주장했다는 점에서 의미가 있다. 남녀평등을 위해 여성의 교육이 필요하며, 여성 교육을 위해서는 여학교가 필요하니 하루 빨리 여학교를 설립하라는 내용이다. 〈해방가〉는 여권통문의 주제를 그대로 계승한 규방가사이다. 이 가사에는 '구도덕에 일신을 메어두지 말고, 남자와 같으려면 남자와 같은 교육을 받아야 한다' 라며 여성의 권리는 저절로 주어지는 게 아니라 교육을 통해 찾아야 한다는 주체적이고 진보적인 사상이 담겨 있다.

출처: 국립중앙도서관 〈독립신문〉(1898년 9월 9일, 4면)

을 그대로 옮겨 적은 〈해방가〉가 영남 영주 지방에 살고 있던 단양 우씨 집안에서 발견됨으로써 여성 인권 회복의 문제가 서울 일부 지식인 여성들뿐 아니라 다른 집단의 여성들에게도 확산되었음을 알 수 있다. 여기서 다른 집단이란 신식 잡지나 신문 매체를 통해 지식을 얻는 여성 집단이 아닌 가사라는 전통 매체를 통해 지식을 습득하는 여성 집단을 의미한다.

규방가사의 향유층이 신식 교육과 거리가 멀고 가부장적인 이데올로기에 순응한 여성들이었다는 점은 잘 알려진 사실이다. 그럼에도 불구하고 신여성들 사이에서 번진 여성 인권 담론이 구여성들에게까지 확산된 것은 신과 구의 구별 없이 여성들이 세상과 소통하려는 욕구를 가졌기 때문이다.

〈해방가〉의 창작자는 정확하게 밝혀지지 않았지만, 〈해방가〉가 구질서, 구도덕으로부터 여성의 해방을 염두에 두고 창작된 작품이라는 점에서 신여성이 아닌 구여성을 위한 가사임은 분명하다. 아래는 해방가의 도입 부분으로 여성이 귀한 존재임을 피력하는 것으로 구여성을 향한 말하기가 시작되고 있다.

음양오행 정기받아 우리인생 생겼으니
책임도 중할시고 만물의 영장이라
가련하다 우리여성 남녀평등 다를망정

사람은 일반이라 이목구비 다름없고

오장육보 갖춰있어 인의예지 본성이요

총명지각 차등없다 지극하진 천지조화

남녀귀천 분간없이 공평하게 되었것만

남녀칠세 부동석은 야심가의 헌법인가

자유를 무시하고 인권을 유린하니

가련하다 우리여자

음양오행에 따라 남성과 여성이 생겼으니 남성 여성 모두 책임이 중하고 만물의 영장이라며 남녀의 동등함을 피력한다. 만물의 영장이라는 생각은 기독교의 사고방식이 아니라 유교 경전인 《서경》(하늘과 땅은 만물의 부모요, 사람은 만물의 영이다(惟天地 萬物父母, 惟人 萬物之靈))에서 가져온 말로 태초부터 남녀가 동등했음을 피력하는 의미로 이해해야 한다. 애초에 동등했던 남녀가 어느 날 '야심가'에 의해 동등성이 무시되고 유린되었다고 화자는 말하고 있다. 화자는 지금의 여성들이 '가련'하다고 인식한다.

부모님 결정으로 아무데나 출가하여

시부모의 엄한명령 가문에 구속이라

말한마디 자유없고 날이새면 음식준비

밤이되면 바느질에 한시라도 휴식없이

(중략)

남자의 부속되어 죽이던지 살이던지

나의 몸 일생이란 당신한테 달려있소

오백년 긴세월 이와같이 지내왔네

여기에서 화자는 자신이 '가련하다'라고 인식한 여성의 삶을 나열한다. 자기 결정권 없이 결혼하는 여성의 삶을 지적하고, 밤낮으로 시부모를 봉양하고 집안 살림을 챙겨야 하는 고단한 삶이 적혀 있다. 시댁 가문에 구속되고, 생과 사의 문제가 남편에게 달려 있는 여성의 처지를 묘사하며, '가련한' 여성의 삶이 구체적으로 제시되고 있다. 이런 문제적 상황은 곧 여성들이 처한 '가련'한 상황이 전복되어야 함을 의미한다. 화자는 본격적으로 여성이 무엇으로부터 '해방'되어야 하는지 소리 높여 말하기 시작한다.

때가왔네 때가왔네 남존여비 없어지고

남녀평등 때가왔네 칠야의 깊이든 잠

날샌줄 모르고서 잠꼬대로 알지말고

어서 바삐 꿈을 깨어 사람노릇 하여보세

(중략)

낡은 도덕에 일신을 가둬놓고 행복을 꿈꾸는가

마음용기 다하여서 이사회를 개벽하세

마음이 열렬해도 모르면 아니된다

어와우리 여자님네 배울학자 명심하여

가슴에 새겨두고 학문국을 찾아가세

의식이 충분하면 모든 것이 해결된다

보시는 자여 원통한 우리여성

가슴속에 일어나는 불꽃을 하소연하며

두어말로 기록하나

〈해방가〉의 후반부이다. 화자는 구질서, 구도덕에 매여 있는
여성들을 캄캄한 밤 깊은 잠을 자고 있는 사람으로 비유하고 있
다. 〈여권통문〉에서는 '여성들만 옛 법을 그대로 지키고 있으니
귀먹고 눈 어두운 병신'이라며 좀 더 과격하게 표현했다. 귀가 어
두워서 들리는 말을 잠꼬대로 잘못 알아듣는 것이나, 칠야 속에
서 아무것도 보지 못하는 상태는 〈여권통문〉과 표현만 조금 다를
뿐 〈해방가〉의 화자와 〈여권통문〉을 쓴 김소사가 생각하는 여성
들의 처지는 비슷하다. 〈해방가〉와 〈여권통문〉에서는 궁극적으
로 여성이 남성과 같은 사람으로 살기를 바라며, 그러기 위해서

는 낡은 도덕으로 대변되는 구습과 구법에서 벗어나야 한다고 말하고 있다.

특히 〈해방가〉의 화자는 가사의 서두에서 여성을 가련하다고 하며 동정하는 태도를 보여주었지만, 후반부터는 태도를 바꾸어 "낡은 도덕에 일신을 가둬놓고 행복을 꿈꾸는가"라고 다소 무겁고 비장하게 태도를 바꾸고 있다. 〈여권통문〉과 〈해방가〉에서는 여성이 낡은 도덕으로부터 벗어나야만 사람 구실을 할 수 있게 되며, 사람 구실을 하기 위한 방법으로 '배움'을 제시하고 있다. 배움을 얻기 위해 '학문국(교육과 관련된 일을 하는 부서 따위를 말함 또는 학교 그 자체를 의미한다고 해석할 수도 있음)'을 찾아갈 것을 권하는데 이는 〈여권통문〉에서 여학교 설립을 촉구한 것과 같은 맥락으로 이해할 수 있다.

〈해방가〉는 〈여권통문〉에서 촉발되었던 여성 인권 운동의 내용을 구여성들이 향유하는 가사로 옮겨 적은 것이다. 즉 구여성들에게 익숙한 오래된 가사 양식을 빌려 여성의 각성과 해방이라는 새로운 이념을 전파한 것이다. 주로 유교적 이데올로기를 담아 향유되던 규방가사에 새로운 사상이 틈입하면서 규방가사의 내용과 주제가 확장되는 조짐이 〈해방가〉에서 발견된다. 그렇게 변화된 세상을 담아 여성들 사이에서 향유되기 시작한 〈해방가〉는 규방 여성들의 인식과 행동 변화를 자극했을 것이다.

가사, 구여성의
목소리를 세상으로

여성들은 규방가사를 통해 세상의 목소리를 듣기도 했고, 반대로 자신들의 목소리를 규방가사에 담아 세상 밖으로 전하기도 했다. 근대 시기 글을 써서 자신의 뜻을 세상에 전할 수 있는 기회를 가진 여성은 '학교' 교육을 받은 소수의 여성들로 이들을 신여성이라 불렀다. 이들이 신여성이라 불리면서 자연스레 신여성 그룹에 속하지 못한 여성들은 구여성으로 분류되었다.

계몽이라는 시대의 조류 속에서 신식 교육을 받고 신식 복장을 한 여성들은 예찬되었고, 그 반대편에 있는 구여성은 계몽과 교화의 대상이 되었다. 근대의 매체를 통해 전달되는 신여성

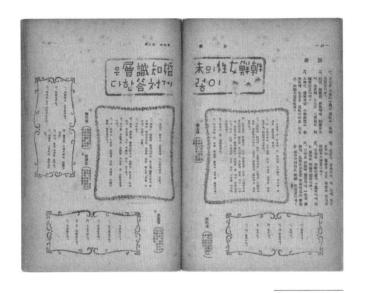

〈조선 여성의 미혼 지식층은 이렇게 대답한다〉(《여성》,1939호 제4권 10호)라는
근대시기 여성 잡지의 일 면이다. 〈해방가〉에서는 결혼 상대를 고를 자유도 없는 구
여성의 처지를 고발했지만 잡지 《여성》에는 남편을 스스로 결정하는 신여성의 당찬
모습이 드러나 있다. 잡지에는 신여성의 결혼관을 짐작해볼 수 있는 질문과 대답이
실려 있다. "월급 60원을 받는 남성과 결혼할 수 있는가"라는 질문에 신여성들의 다
양한 답변이 이어진다. 60원이 넉넉한 월급은 아니었는지, 한 신여성은 "60원이 아
니라 돈벌이가 없다 한들 무슨 상관인가요?"라고 대답한다. 근대시기 구와 신이 공
존하면서도 시대가 변화해가는 모습을 엿볼 수 있다.

출처: 국립한글박물관

2. 세상 밖으로

의 이미지는 밤 열두 시가 넘도록 공부를 하고, 밀린 원고를 작성하며 자신의 삶을 가꾸는 주체적인 인간으로 그려졌다. '신'과 '구'로 구별된 이 시대의 여성들은 '신'여성이 좋은 이미지를 가지게 되면 될수록 '구'여성은 그 반대의 존재가 되었다. 이 시기 새롭게 등장한 신식 매체였던 신문, 잡지는 신여성에 대한 사소한 가십부터 사회 변화를 촉구하는 무거운 목소리까지 다양한 신여성의 의견을 앞다투어 전달했다.

　신여성에 대한 관심이 뜨거울수록 구여성은 소외되었고, 당연히 신문과 잡지에는 구여성의 글이 실릴 수 없었다. 그러나 주목받지 못했던 구여성들도 변화하고 있는 세상을 받아들이고 있었다. 그들은 자신이 직면한 문제와 세상이 변화해가는 모습을 가사로 지어 세상과 소통했다. 오히려 옛 문학 장르였던 규방가사가 근대에 들어 가장 화려한 시기를 맞이하며 양적 성장을 이루었다. 변화로 요동치던 근대시기 신식 교육을 받지 못한 구여성 역시 자신이 체험하고 느낀 것을 규방가사로 쏟아냈던 것이다. 이 시기 규방가사는 구여성의 목소리를 세상에 전하는 주요한 매체로 자리매김하기 시작했다.

시골 여자는
무엇이 그리 서러웠을까

근대시기 구여성들은 사랑하지 않는다는 이유로 남편에게 이혼을 요구받게 된다. 신교육을 받은 남성들은 사랑에 기반한 결혼을 정당한 것으로 여기며 부모가 강제한 결혼을 이혼이라는 방식으로 거부하기 시작했다. 이들은 아내에게 '이혼을 고할 수밖에 없소'라며 사랑 없이 한 결혼의 부당함과 말이 통하지 않는 아내의 무식함을 이유로 이혼에 대한 변을 신문에 투고하기 시작했다. 한편 구여성들은 "사랑하지 않는다"는 보도 들도 못한 이혼 사유에 속절없이 이혼당하는 처지가 되어야 했다.

이러한 상황에 직면한 여성들의 이야기가 규방가사로 창작되어 동시대를 사는 다른 여성들에게 전달되었다. 전통시대 여성은 인내해야만 했지만, 이제 여성들은 더 이상 인내하지 않고 자신의 억울함을 세상에 퍼뜨리기 시작했다. 〈시골 여자 서러운 사연〉은 시골 여자로 대변되는 구여성이 자신의 억울한 사연을 적은 규방가사이다.

> 창가에 의지하여 하염없이 앉았으니
> 일편간장 뻗친 서러움 서울 낭군 그리워라
> 무정하다 우리 낭군 작년 여름 한 번 간 후
> 강과 산이 멀리 막혀 편지조차 한 장 없네
> (중략)
> 인간 여자 약한 간장 마디마디 아리는 듯
> 시물두 해 봄철이 한이 없이 흘러갈 때
> (중략)
> 속절없이 가는 세월 이 간장에 재만 드네
> 어이이리 적막한고 오고 가는 저 구름아
> 서울에 네 가거든 구구한 나의 한을
> 우리 님께 전하여라
> (중략)
> 춘풍삼월 긴긴날에 꽃보고 오는나비

향내 맞고 오는 벌레 서로 섞여 왕래함을

넋을 잃고 구경하며 하루 종일 뜨든 나물

한광주리 못 채우고 더는 뜻이 없어

돌아가길 재촉하니 걸음걸음 맺친 눈물

방울방울 님이로구나 집집 굴뚝마다

무럭무럭 검은 연기 제멋대로 오르는데

이내가슴 타는 재는 연기 없이 재만 쌓이네

시골 여자는 스물두 해째의 봄을 맞이했다. 본문에 "시집온 지 칠팔 년"이 되었다고 하니, 15~16세에 조혼한 여성이다. 시골 여성이 조혼을 했다는 것은 전통적인 질서와 관습에 익숙한 인물임을 의미한다. 전통 사회에서 여성의 인내는 곧 미덕이었으며 순응과 희생은 여성이 가져야 할 덕목이기도 했다. 때문에 시골 여성은 자기에게 주어진 삶에 순응하며 남편 없는 시집살이를 시작했다. 7~8년간의 고된 시집살이 속에서 이제 시골 여자는 인내의 한계를 느끼며 남편 없이 지내는 시간에 대한 극한의 고독감을 가사로 적어냈다. 시골 여자는 고독감을 서러움이라는 감정으로 토로하고 있으며, 서러움의 원인은 "작년 여름한 번 다녀가고 편지 한 장" 없는 무정한 낭군 때문이다.

시골 여자는 외로움을 구구절절이 표현해내고 있다. '마디마디'가 다 아리고, 속은 새카맣게 타들어가 '재만 들어' 있다며 자신의 고통을 감추지 않고 표현하고 있다. 짝을 이루어 살지 못하는 비참한 심정을 쌍을 이뤄 노니는 나비와 벌레에 빗대기도 한다. 집으로 돌아가는 시골 여자의 걸음마다 눈물이 맺히고, 눈물 방울방울마다 남편을 향한 그리움이 깃들어 있다. 굴뚝도 검은 연기를 제 맘대로 뿜어내는데, 시골 여자는 속이 까맣게 타들어가도 내색할 수 없다.

유학가신 우리낭군 목적하신 졸업함께
집으로 돌아와 안락한 가정생활
일편단심 축복하고 태산같은 님의 말씀
하해같이 깊을세라 확실히 믿을적에
천만가지 님을 위해 천만가지 나를 위해
육체를 노력해서 마음을 쉴 새 없이
앞날에 모든 희망 철석같이 믿어오며
허다한 가진고생 좋을날 오리믿고

이런 답답한 상황을 그동안 인내할 수 있었던 것은 유학 가신 우리 낭군이 졸업하고 돌아온 뒤 안락한 가정생활을 꾸릴 것이라는 강한 믿음 때문이었다. 그렇게 시골 여자는 몸과 마음을 다해 '노력'하면 꿈꾸는 가정을 꾸릴 수 있을 것이라 기대했다. 말없이 시부모를 잘 봉양하는 것이 전통시대 여성들에게 강요되던 덕목이었고, 칠거지악에도 해당되니 시골 여자는 남편 없이, 불만 없이 그렇게 시부모님을 섬겼다. 이렇게 힘겹게 7~8년을 버티고 있는데 편지도 보내지 않고, 여름 방학에나 겨우 만날 수 있는 남편의 무심함에 '한'이 쌓인 것이다.

여광여취 나의심사 미칠 듯 하올적에

난데없는 구두소리 귓가에 얼핏들려

놀라 다시 살펴보니 날씬 양복 간단행군

문전에 도달했네 반가울사 우리낭군

두려운 듯 반가운 듯 시골뜨기 두 눈에는

양복쟁이 한 번 보니 맹수같이 두려우며

가슴이 울렁인다 구식가정 소생으로

뛰는 심신 진정 없이 허다한 나의 사정

누굴 보고 위로할고 푸른수염 양복단장

오래간만 그리던님 만나기는 만났으나

어이 이리 쓸쓸한고

시골 여자는 서울 낭군을 그리워하다 지칠 대로 지쳐 미친

듯 취한 듯하여 온전한 정신으로 살기 어려울 정도로 하루하루를 힘겹게 살아가고 있다. 그러던 어느 날 불쑥 구두 소리에 문전을 바라보니 그리운 '우리낭군'이 와있는 것이다. 그렇게 기다리던 남편이지만 시골 여자는 순간 두려움을 느끼며 남편이 맹수같이 보인다고 말하고 있다. 줄곧 낭군을 기다리며 "서울낭군 오시기만 하면 얼싸안아드리겠다"고 말했던 상상 속 남편과 달리 실제 남편은 곁에 다가가기조차 두렵다. 구식 한복을 입은 시골 여자는 신식 옷으로 화려하게 차려입은 남편이 자신과는 다른 세상에 살고 있는 존재로 보여 이질감을 느꼈을 것이다. 그렇기에 남편을 만났어도 시골 여자는 오히려 쓸쓸한 감정을 느끼며, 남편과의 심리적 거리를 좁힐 수 없었던 것이다.

남편의 사랑을 갈구하는
여성 주체의 등장

무더위 오신 님은 얼마나 괴로운지

이불 위에 누운대로 그냥 고만 잠이 드니

구곡간장 깊은 한을 말 한마디 못 아뢰고

오랜 암흑 잠긴 듯 이슬같은 새벽별은

창가에 비춰이며 공상에 누운 머리

두 손으로 움켜쥐고 한숨 쉬고 눈물 뿌려

여자의 박한신분 끝없이 탄식할제

청천에 뇌성번개 이혼이란 말 무슨말인고

시집온 지 칠팔 년에 오고가는 허다세월

누굴 위해 살았으며 누굴 줄곧 기다렸나

여름 방학을 맞아 시골 여자의 남편이 돌아왔으나, 말 한마디도 없이 남편은 잠이 들어버렸다. 무정하고 야속하지만, 시골여자는 남편이 무더위에 지쳐 잠이 든 것이라고 이해하려고 한다. 그러나 사랑하는 남편의 차갑기만 한 태도는 시골 여자를 슬프고 불안하게 만든다. 시골 여자의 마음은 오랜 암흑에 잠긴 듯 끝없이 가라앉아 잠 한숨 못 자고 마음속으로 신세 한탄만 할 뿐이었다. 그런데 청천, 마른하늘에 무슨 날벼락이란 말인가. 시골 여자는 남편에게 이혼을 요구받는다. 남편만을 기다렸고, 남편을 위해 살아온 세월인데, 그 마지막 희망이 이혼이란 말로 꺾여버렸다.

시골 여자는 남편을 그리워하며 사랑을 갈구하는 아내였기에 남편의 이혼 통보는 매우 큰 충격이었을 것이다. 시골 여자가 바란 것은 '남편과 꾸리는 단란한 가정'이었다. 단란한 가정에는 인정받는 며느리가 아니라 사랑받는 아내의 자리가 있어야 한다. 전통시대 여성이 가정에서 지향해야 하는 목표점은 남편에게 사랑받는 아내가 아니라 그 집안의 며느리였다. 제사 모시기(봉제사)와 손님 대접(접빈객), 층층시하(層層侍下) 속에서 며느리로서의 역할이 강조되었고, 그러한 역할을 훌륭히 수행하는 것이야말로 양처의 조건이었다.

전통시대 가정에서 남편에게 여자로서 사랑받는 것이 불가한 일은 아니었다. 그러나 가정에서 여성이 성취해야 하는 것은 시부모에게 사랑받는 훌륭한 며느리였기에 남편의 사랑을 노골적으로 갈구하는 아내는 그리 많지 않았으며, 설령 그렇다 하더라도 쉽게 애정 욕구를 드러낼 수 없었다.

세상에 청년색시 모두모두 다그런가

봄이 오면 꽃에 설움 여름 오면 잎에 설움

춘하추동 사시절에 설음고통 무서워라

부끄러운 젊은시절 남편없다 탄식하고

걸음마다 시간마다 애태우니 내간장도 너와 같다

구시대의 우리들도 입문한지 사흘만에

애정한번 못이루고 책짐지고 절간가서

근수십년 아니 와도 저렇게 탄식할까

위의 인용문은 시골 여자의 시어머니가 말하는 장면이다. '청년색시'는 신식 교육을 받으러 유학 간 남편을 둔 여성을 뜻하는 말로, 시골 여자이자 자신의 며느리를 지칭하는 말이다. 시어머니가 보기에 며느리인 시골 여자는 봄이면 봄이라서 서럽고 여름이면 여름이라 서글픈 여성이다. 유학 간 남편을 그리워하며 외로움을 표현하는 며느리가 시어머니는 못마땅하면서도 애태우는 며느리가 딱하기도 하다. 그러나 전통시대 가족 제도 안에서 살아온 시어머니는 며느리를 동정하기는 하지만 이해할 수는 없다. 시어머니는 "남편의 애정 한 번 못" 받아도, "근 십수 년" 남편을 만나지 못해도 며느리로서의 책임을 다하느라 애정을 갈구할 여유조차 없었던 삶을 산 전통시대의 여성이다. 전통시대의 가족 제도에서 아내는 아내이기 이전에 며느리요, 어머니여야 했다. 조선 후기 가부장적 질서가 완성되면서 대가족 제도 속에서 여성은 남편의 아내이기 이전에 가족에 종속된다. 가족의 중심은 부부가 아니라 부자관계였으며 부부 사이에도 애정보다 공경과 분별이 강조되었기에 여성은 가족 안에서 며느리로서의 입지를 세우는 데 고군분투해야만 했다.

사오일 지난 후에 굶기가 상식이라
혼수도 많거니와 그걸로 어찌 당할손야
친정에 약간 꾸지 긴긴 세월 어찌 당하리
천황씨 서방님은 글밖에 무엇알며
나이 많은 시부모님 다만 망령뿐이로다
응큼한 시누이는 없는 모해 무슨일인가

듣고도 못본 듯이 보고도 못본 듯이

시부모님 마음 행여 혹시 거슬릴까

조심하기 끝이 없다 친정 생각 간절한들

어디 가서 털어놓을까 시부모 앞에 웃는 얼굴

즐거워서 그리하나

(중략)

이목이 갖춰있고 수족이 성하니

제 힘써 집안 살림 꾸려나간다면 어느 누가 시비하리

분한마음 떨쳐놓고 재산 축적 힘쓰리라 힘슬이라

이부자 김부자 원래부터 부자런가

밤낮으로 힘써하면 낸들 아니 부자될까

전통시대 가족 내에서 여성의 역할을 잘 보여주는 〈복선화음가〉의 한 장면이다. 이 가사 속 화자 김씨 부인은 남편에 대해서 "천황씨 서방님은 글밖에 무엇알며"라고 아주 짧게 언급만 하고 더 이상 남편에 대해 말하지 않는다. 사랑받는 아내가 아니라 한 가정을 지탱하는 며느리로서의 역할이 강조되었던 것이다.

〈복선화음가〉의 김씨 부인이 겪는 갈등은 가난한 시댁에서 며느리 역할을 제대로 할 수 없는 현실에 있다. 물론 〈시골 여자 서러운 사연〉과 〈복선화음가〉에서 말하는 주제의식은 다르지만, 가족 내에서 여성이 겪는 갈등이 전통시대에는 며느리로서의 갈등이었고, 근대 시기에 와서는 아내로서의 갈등이라는 뚜렷한 차이를 보여주고 있다. 〈복선화음가〉에서 남편에 대한 서사가 짧은 까닭은 이 시기 여성들이 남편에게 기대치를 가질 수 없었기 때문이었다. 무엇보다 김씨 부인은 한 집안의 며느리로서 가산을 풍족하게 하여 시부모를 잘 봉양해야 하는 전통적 여성의 정체성을 가졌던 것이다. 그러나 시간이 흘러 이전 시기의 여성들과 달리 애정을 갈구하고 '나'라는 자아 인식을 가졌던 새로운 구여성이 나타나면서 자신의 본능과 욕구를 표출하기 시작한다. 그것이 〈시골 여자 서러운 사연〉에서는 남편에 대한 사랑의 갈구로 나타난 것이다.

기존 부자 중심의 가족 질서에 익숙한 시골 여자의 시어머니로서는 전통적인 방식으로 맺어진 부부가 열렬한 애정을 바탕으로 '단란한 가정'을 꿈꾼다는 것이 이해가 안 된다. 시골 여자의 시어머니는 〈복선화음가〉에서 김씨 부인처럼 "시부모님 마음 행여 혹시 거슬릴까 조심하기 끝이 없"었으며, 고민이 있어도 "시부모 앞에 웃는 얼굴"로 지낸 전통적인 여성이었기 때문이다. 따라서 시골 여자는 시어머니와 갈등을 겪을 수밖에 없다. 이러한 갈등은 이전 시대의 여성과 달라지는 지점이며, 차별과 억압을 자각하고 자신이 원하는 바를 표현하는 주체로 변화해감으로써 발생하는 것이기도 하다. 다시 말해 시골 여자는 시부모를 모시며 인내하는 전통적인 여성상을 계승하면서도 남편에게 '여자'로서의 사랑을 갈구한다는 점에서 이전 여성과 다른 차이를 지닌다. 가족 제도 안에서 남편과 아내의 관계를 추구한다는 점에서 신여성과 별반 다르지 않은 주체성을 가진 존재로 변화하고 있다. 구여성은 신여성보다 전통에 더 익숙할 뿐 변화하는 세상에 발맞춰 자신이 처한 상황에서 이전과 다른 감각을 발산하고 있는 것이다.

시골 여성의 억울함은
여성 모두의 문제

남편의 이혼 통보로 시골 여자는 인생 최대의 위기를 맞이했다. 시골 여자는 참고 인내하며 살아왔던 지난 세월을 반추하며 자신이 처한 문제를 탐색하기 시작한다.

시대에 뒤떨어져 학문을 몰랐으니

생존경쟁 문외안인 내 어찌 알았을고

오늘같은 내 신세 그동안 쌓은 공이 하루아침 무너져버렸구나

생존경쟁 내 일이었을 줄 내 어찌 알았을고

슬프도다 이 세상에 구속과 압박으로

철망속에 헤매는 불쌍한 구여성들

끝없이 슬픈사정 광대(廣大)한 청년남자

무지로 몰랐거든 어느누가 이해할까

시골 여자는 이혼 통보의 원인을 학교 교육을 받지 못했다는 데서 찾고 있다. '생존경쟁'은 그동안 집 안에 갇혀 살았기 때문에 구여성에게 해당되는 일이 아니었다. 때문에 세상 돌아가는 일에 무지했고, 크고 넓은 세상의 청년 남자들의 일은 미련하여 알 수 없었으니 어느 누구에게도 이해받을 수 없다며 자책하고 있다. 시골 여자는 이혼의 원인을 학문과 세상에 대한 무지에 두고 있는데 〈시골 여자 서러운 사연〉이 창작된 시기의 세태를 반영하고 있다. 이 작품은 1920~1930년대 창작되었다고 추정되는데, 당시는 신식 교육을 받은 남성이 구여성에게 이혼을 요구하는 것이 사회적 문제가 되던 시기였다. 신식 남편이 구식 아내에게 이혼을 고하는 사건을 당시 신문기사에서 쉽게 찾아볼 수 있다.

신명식의 좁은 가슴속에는 혹독한 시집살이의 고통은 오히려 둘째가 되고 다만 그 남편이 몸이나 편히 있는가 공부나 잘하는가 언제나 졸업을 하고 오는가 하는 생각이었다. 눈 오고 바람 불 때와 꽃피고 새 울 때마다 눈물로 옷을 적실 동안에 어언 여섯 해가 지나고 지금으로부터 삼 년 전 봄에 그 남편 윤용호는 동경 고등 사범학교를 졸업하고 가족의 환영 속에 옛집으로 돌아오니 그 남편 돌아오기를 기다리고 기다리던 신명식은 **반가운 얼굴로 그 남편을 맞을 때 그의 조그만 가슴속에는 전도에 무한한 광명을 얻은 듯이 기쁨에 취하야 엇지 할 줄 몰랐다. 그리고 남편의 지식이 고상해졌음에 따라서 자기에게 무궁한 사랑이 돌아올 거라 믿었다.**

그와 같이 믿는 남편이 집에 돌아온 지 며칠 못 되어서 제일 먼저 제출하는 첫 문제가 이혼이다. **"무식한 그대는 나의 배필이 못 되니 이혼 〈증략〉 말 알아듣겠소? 이말 저말 할 것 없이 내 말대로만 하여 내가 써오는 편지에 도장 하나만 찍으면** 그대의 평생은 걱정 없고 … 아모에게도 이런 말 하지 말고 도장 하나만 찍으란 말이야 응?" 하며 가장 사랑하는 듯이 꼬이는 말이 **신명식의 귀에는 하도 이상한 중에 이혼이라는 것이 무슨 말인지 알 수 없어. …**

〈연약한 여자의 피눈물 신명식의 애화(哀話) 동경 유학의 결과는 죄 없는 본처 이혼〉 조선일보 | 1924.04.05. 기사 중에서)

1924년 4월 5일자 조선일보 기획 기사의 일부이다. 내용을 읽어보면 신명식은 시골 여자와 많이 닮아 있다. 남편 없이 시집살이를 했으며, 남편이 졸업해서 돌아오면 무궁한 사랑이 돌아올 거라는 믿음까지도 똑같다. 그런데 신명식은 이혼이 무엇인지도 모를 정도로 세상 물정에 어두운 여성이다. 순진하기 그지없는 신명식에게 남편 윤용호는 도장만 찍으면 된다며, 마치 신명식을 위하는 일인 듯 그녀를 속이려고 든다. 이혼이 유행병처럼 번지던 이 시기 신식 교육을 받은 남편을 둔 구여성은 누구나 시골 여자나 신명식처럼 될 수 있다는 불안감을 느꼈을 것이다. 비슷한 시기 소박맞은 여성 삼백여 명이 '기혼 남자의 이혼병'을 호소하며 자신들을 교육해줄 것을 간청하러 여자교육협회로 간 사건은 이 시기 신식 교육을 받지 못한 여성들이 처한 불안감과 억울함을 짐작하게 해준다.(〈동아일보〉 1922.12.21.)

이러한 상황에서 시골 여자에게 이혼이라는 불행이 찾아온 것이다. 시골 여자나 신명식이 처한 고통의 원인은 신식 교육을 받지 못한 여성은 무식한 아내라는 사회적 편견에서 비롯된 것이다. 신식 교육을 받지 못했다고 해서 그녀들이 무식한 여성인 것은 아니다. 또한 신학문을 배우지 못해 시대의 변화를 따라갈 수 없는 문제는 개인의 노력이나 의지로 해결할 수 없는 시대가 가진 한계였을 뿐이다. 하지만 시골 여자는 자신이 처한 상황에 대해 자신의 감정과 생각을 글로 토로하며 내면을 탐색하는 지혜를 가진 여성이었다. 내가 왜 이런 상황에 놓이게 된 것인지, 어떻게 해결해야 할 것인지를 고민하며 내면을 탐색하기 시작한다.

가련하다 우리여자 이팔청춘 허다풍상

믿을 곳이 거의 엇다

(중략)

종이와 먹을 내어놓고 오장에 박힌 한을

붓끝으로 하려하니 여름 몇날동안

푹푹히 맺친 한을 한말씀 못알리고

상식없는 무턱말로 긴긴편지 만장 쓴다한들

첫줄 한장 안부쓰고 비비 찢어 버릴세라

(중략)

원통하다 우리신세 아내되어 남편에게

사랑한번 못하고 산들 무슨 일이 있나

염라대왕 원망일세 나를 어서 데려다가

평화를 알려주소 못잊을세 우리 부모

금옥같이 날을 길러 만복을 바랐것만

시골 여자가 자신의 처지만 한탄하지 않고 "가련하다 우리 여자"라고 하는 것은 자신과 같은 처지의 구여성들이 많이 있음을 알고 있기 때문이다. 시골 여자는 이혼의 위기에서 벗어나기

〈무식한 여자와는 동거할 수 없다. 남편의 마음 돌릴 길이 없어 위자료 청구한 남성〉이라는 〈매일신보〉(1937.1.30.)에 실린 기사이다. 제목에는 "위자료 청구한 남성"이라고 되어 있지만, 실제로는 부인이 이혼 위자료를 청구한 소송으로, 변화하고 있는 여성의 모습을 보여주고 있다.

출처: 국립중앙도서관

위해 남편에게 편지를 써볼까도 하지만, 상식 없이, 두서없이 긴긴 편지를 써봤자 무식한 아내라 여겨질까 이내 포기한다. 계속해서 슬픔에 휩싸이다가 남편에게 사랑받지 못하는 아내는 살 가치도 없다고 느끼고 염라대왕께 목숨을 걷어가길 청해보기도 한다. 그 와중에 자신을 금과 옥같이 키워준 부모님이 생각난다. 시골 여자는 자신의 삶을 짧게나마 회고하며 자신이 귀한 존재였으며 사랑받았던 존재라는 사실을 깨닫는다. 부모님 무릎 아래 구슬 같았던 존재였고, 결혼해서는 최선을 다해 진심으로 시집살이를 했다고 이야기한다. 자신의 삶을 회고하며 자신이 귀한 존재였고 열심히 살아왔음을 새삼 깨달으며 시골 여자는 자신을 새롭게 각성하는 계기를 갖게 된다.

위의 인용 기사에는 정분희라는 또 다른 시골 여자의 이혼 이야기가 실려 있다. 제목에는 남성이 위자료를 청구했다고 적혀 있지만, 내용을 읽어 보면 여성이 남성에게 위자료 7,480원을 청구했음을 알 수 있다. 1924년의 시골 여자 신명식은 자살 시도를 하고 시모의 학대를 받으면서 끝내 이혼하지 않고 버텼지만, 1937년 정분희는 남편에게 위자료를 청구하고 이혼을 했다. 기사에는 정분희는 이혼하고 싶지 않았지만 할 수 없이 이혼 청구를 했다고 되어 있는데, 7,480원이라는 거금의 위자료는 단순히 떠밀려 이혼을 한 것이 아님을 의미한다. 1940년 간

송 전형필이 한옥집 10채 값인 만 원으로 《훈민정음》을 샀다고 전해지는데, 그것과 비교해보면 7,480원은 한옥집 7~8채 값인 셈이다. 기사를 통해 여성들의 내면의 변화까지는 알 수 없지만, 시간이 흐름에 따라 여성들의 대응도 달라지고 있는 것을 확인할 수 있다.

〈시골 여자 서러운 사연〉에서는 여전히 남편을 사랑하고 결혼을 유지하고자 하는 의지를 보여주고 있지만, 이전과 달라진 모습을 엿볼 수 있다.

슬프고 가련하다 무광일월 구여성들
전생에 무슨죄로 수심청춘 우리들이
무광한 낭만세상 장장이 걷쳐가니
유유하신 창천이여 청춘을 살피소서
꽃같은 우리청춘 유수세월 던져두고
삼십사십 반평생을 님없이 다시올까

이제 시골 여자에게 구여성들은 자신과 같은 운명공동체이다. 수심이 가득하지만 우리 구여성들도 청춘이다. 빛은 없지만 낭만적인 세상이 길게 남아 있으니 꽃 같은 청춘을 살피며 살아야 한다는 깨달음을 다른 여성들에게 외치고 있다. '우리'라는 표현은 서로의 아픔을 어루만지고 위로함으로써 슬픔을 해소하려는 규방가사의 오랜 전통이다. 아내로서 사랑받지 못한 문제가 비단 시골 여자 하나에 국한된 문제가 아니라 다른 여성들이 겪고 있는 또는 겪을 수 있는 문제라는 인식의 변화를 '우리'라는 표현을 통해 보여준다.

그러나 가사 속 시골 여자는 난관을 어떻게 풀어야 하는지에 대한 답에는 아직 도달하지 못한 듯하다. 마지막에 '꽃같은 우리청춘 님 없이는 다시오지' 못할 것 같다고 말한 이유는 이혼이라는 문제가 시골 여자에게 너무나 혼란스럽고 받아들이기 힘든 고통이었기 때문이다.

매듭짓지 못한 감정은 오히려 일방적인 이혼 통보의 부당함을 더 사실적으로 고발하기 위한 문학적 장치로 볼 수도 있다. 바로 이러한 지점이 〈시골 여자 서러운 사연〉을 이혼 통보를 받은 구여성이 서러움을 토로하는 신파가 아니라 시대를 고발하는 문학으로 봐야 하는 까닭이기도 하다.

신문물에 대한
구여성의 냉소

모든 구여성이 시골 여자처럼 신식 교육을 받지 못한 서글픔을 가졌던 것은 아니다. 신문물에 대한 격렬한 비판 의식을 가진 여성들도 있었다. 그러나 안타깝게도 신문물에 거부감을 드러내는 구여성의 목소리를 전해줄 매체는 거의 없었다. 신문, 잡지에는 신식 교육을 받은 신여성들의 이야기만이 넘쳐났다. 아이러니하게도 이 시대 절대 소수였던 신여성이 모든 미디어를 점령하고 여성 전체의 목소리를 대변하고 있었던 것이다.

신여성들이 활약했다고는 하지만, 여전히 여성들이 자신을 표현하고 드러내는 일은 미덕이 아니었다. 어린 딸네들도 시집 간 딸네들도 목소리가 담장을 넘지 않도록 교육받았다. 그럼에도 불구하고 여성들도 시대가 변화하고 있음을 자각하고 있었다. 그리고 자신의 존재감을 드러내기 위해 글로 자신의 이야기를 남기려고 노력했다. 그러한 노력이 20세기 이후 규방가사의 작품 수를 폭발적으로 증가시켜 규방가사는 양적 성장을 이루게 되었다. 달라진 세상만큼 여성들의 의식도 변화하여 자기를 드러내려는 시도가 증가한 것이다. 특히 영남문화권 여성들이 자식을 교육하고 가문의 결속을 도모하며 혼란스러운 시기를 극복하고자 가사를 활용하여 여성을 교육하는 문화적 흐름도 근대 시기 규방가사의 양적 성장을 도왔다.

이 시기 신식에 대한 편향적 예찬이 온 매체를 지배했지만 규방가사 작품 중 〈생조감구가生朝感舊歌〉에는 신식에 대한 비판의 목소리가 강하게 드러난다. 이 작품은 영남 양반 집안 출신 여성인 이사호(李似鎬, 1870~?)가 자신의 회갑을 맞이하여 그동안 살아온 내력을 적은 가사이다. 육십 평생 살아온 내력을 적었기 때문에 작품은 상당히 길고, 역사적 증언, 세상에 대한 비판과 진단, 자식들에게 당부하는 말 등 다채로운 이야기가 기록되어 있다.

아무리 신문, 잡지 같은 매체에서 계몽, 신문물, 신식을 찬양한들 오래전부터 내려온 유교적 관습과 인식을 하루아침에 바꾸기는 어려운 일이었다. 새로움을 받아들인 사람과 새로움을 받아들이지 못하는 사람들 간에 갈등이 생겼고 그러한 예 중 하나가 신식 교육을 받은 남성과 구여성이 이혼 문제로 법정에 서는 일이었다.

> 학생기생 정을 후려 매전매답 수만원
>
> 교재비에 물푸듯이 다 퍼치고 부모처자 구박이라
>
> 걸핏하면 **이혼이혼** 유세같이 부모형제
>
> 소송전장 큰 죄인지 모르고서
>
> (중략)
>
> 제 인격은 생각않고 조강지처 상식없고 무식다며
>
> 각색 죄 잡다못해 음행으로 대죄 엮어
>
> **이혼소송 참혹**하여 한 맺혀 자결인들 아니할까 〈생조감구가〉 중

구여성과 조혼을 한 뒤에 신식 교육을 받은 남성이 많았기에, 자유연애를 통해 '혼인'하는 것만이 진정한 사랑이라고 주장하는 근대식 사고는 기성 가치에 도전하는 위협적인 것이었다. 실제로 전통가치와 근대식 사고는 많은 갈등을 낳았고, 이와 같은 사회문제가 규방가사에도 잘 나타나 있다. 위의 인용문을 보면, 여학생과 기생에게 정을 빼앗겨 가산을 허투루 쓰고 부모와 처자를 구박하며 이혼을 요구하는 남성에 대한 묘사가나온다. 그러한 남성의 이혼 이유가 신식 교육을 받지 못한 데

서 비롯되는 '무식'이라는 죄이다. 이 가사의 작가 이사호는 누구보다 전통질서를 지키며 살아온 여성이다. 아버지는 위정척사파이자 의병장 이중린(李中麟,1838~1917)이었고, 시집와서는 맏며느리로 시동생들 시집장가를 보내며 집안의 안주인 역할을 해낸 여성이다. 이런 배경을 가진 여성이 보기에 자유연애는 가정을 해체시키는 주요 원인이며, 신식 교육은 전통질서를 위협하는 것이었다.

부모허락 없는 혼인법* 연애결혼 자유혼인

믿을 수 없는 세월 연애욕심 못 이겨

물속에 외로운 영혼 조선에 얼마든가

　(중략)

연애연애 듣기도 비루하다

작자는 연애결혼, 자유혼인에 대한 거부감을 보이며 연애라는 말이 듣기도 비루하다며 강한 거부감을 보인다. 인용문에서 "불고이취(不告而娶)"는 맹자에 나오는 말로 부모에게 고하지 않고 장가가는 것이 큰 불효이며, 있어서는 안 되는 일을 뜻하는

---

* 원문: 불고이취(不告而娶), 부모에게 고하지 않고 장가가는 것.

유교경전의 말이다. 작자는 세태를 비판하는 근거를 전통사상
과 질서에 두고 옛것은 긍정, 새로운 것은 부정이라는 논리적
근거를 가지고 옛것과 새로운 것을 비교하면서 세태를 비판하
는 방식으로 작품을 전개하고 있다.

개화문명 자랑하니 이아니 통곡할쏘냐

미물같은 청년들아 초목도 근본있고

사람도 근본있어 요순의 덕택이요

공자맹자의 덕택으로 이몸까지 사람이니

조심하고 붓들게지 삼강오륜 끊어지니

금수만든 문명이 남녀유별 없이하여

금수지행 가르치니 그것이 문명인가

 (중략)

무식무식 신사인사 남녀동등 자유말은

제입으로 하면서도 여자하대 더하더라

상경여빈(부부가 서로 공경하고 손님처럼 대함) 그시대는 존중한게

여자로다

내조로서 착한사람 허다허다 하것마는

동등이라 말만하고 내조를 뉘가드나

구여성의 무식함이 이혼 사유로 부각되던 1920~30년대 사회 현실에 대한 비판이 적혀 있는 〈생조감구가〉의 일부분이다. 전통사회에서 이혼이 아예 없었던 것은 아니지만, 이혼이 사회문제가 될 만큼 흔한 일은 아니었다. 신문화가 대거 유행하던 때 신식 교육을 받은 남성들이 대화가 통하는 여성과 사랑하고 결혼하기를 원한다며 집안에서 맺어준 구식 여성과 이혼하려고 소송을 했다. 남편은 경성으로 유학을 가고 시골에서 시부모님을 대신 봉양하며 살고 있던 구식 여성들에게 이혼은 날벼락과 같은 일이었다. 이런 세태에 대해 〈생조감구가〉의 이사호는 부모형제에게 죄를 짓는 일이라고 말하면서, 이런 일이 벌어지는 까닭을 신식 남성의 인격 수양이 잘못되었기 때문이라 말한다.

　작자는 제 인격 수양도 안 된 청년들이 개화와 문명을 자랑하니 통곡할 수밖에 없다고 말하고 있다. 우리의 근본은 공자와 맹자의 가르침에 있으며 그것을 조심하고 붙들고 있어야 함을 강조한다. 그런데 요즘 그런 근본이 무너지고 있다고 탄식한다. '남녀유별'이 없어지고 남녀평등을 앞세우는데, 여자를 하대하며 이혼이나 하는 것은 신식 교육을 받은 남성들의 잘못이라고 비판한다. 이사호가 남녀평등에 강한 거부감을 갖고 있는 이유는 유교질서가 잘 지켜지던 시대에 여성들이 더 대우를 받고 살았다고 인식하기 때문이다. 또한 이사호가 전통 질서를 고수하

〈세계일주 기행기〉가 실려 있는 근대 여성 잡지
《삼천리》(1929년) 제2호 9월호
출처: 국립한글박물관

며 며느리로서 어머니로서 존경받는 삶을 살았기 때문에 신문물로 빚어지는 사회적 문제를 더욱 냉소적인 시각으로 바라볼 수밖에 없었을 것이다.

> 신문잡지 광고붙어 세계일주 자랑이니
>
> 그무엇이 영광이며 신식요명(신식을 명예롭게 생각함) 가소롭다
>
> 구식부녀 천추사적 규중에 살며 익히는데
>
> 세계여행 사양한다
>
> (중략)
>
> 신교육 기술이며 외국말 통어마디
>
> 월급받아 입과 배를 채워 적국에 노예들을 상등으로 대우하며
>
> 옛말을 안들으면 역사를 어이아리

〈생조감구가〉에는 가사가 창작된 시기의 세상사가 잘 반영되어 있다. 1920~30년대는 외국 문물에 대한 관심이 극대화되던 시기로 여러 잡지에서 서양 문물에 대한 소개가 이어졌고 지식인들의 서양 세계 체험기를 앞다투어 다루었다. 이러한 소식은 영남 지방에 있는 부인들에게도 전해졌다. 물론 모든 여성에게 해당되는 상황은 아니었겠지만, 적어도 글을 쓸 줄 알고 자신의 목소리를 남기고자 하는 여성들은 세상 돌아가는 데 관심

을 갖고 있었을 것이다. 자신의 회갑을 맞아 세상과 가문의 가족들에게 자신의 앎에 대해 가르치고자 했던 이사호는 세상의 변화와 어떻게 세상을 살아가야 하는가에 대한 나름의 판단을 가사에 녹여냈다.

일제강점기라는 국난의 시기에 제 역사를 바로 알지 못하는 이들이 세계를 돌아다니며 배운 것을 자랑하는 것이 작자의 눈에 가소로워 보였는지, 신식을 배울 것이 아니라 오랜 역사를 다시 익혀 국난을 극복할 지혜를 모아야 한다고 말한다. 세계를 돌아다니지 않고 규중에 있어도 구식 부녀가 천추사적을 다 익히고 있다는 자신감은 단순한 허세가 아니다. 외국어를 하고 신식 기술을 익힌 사람들이 대접받는 세상, 일본 사람 밑에서 일하며 월급을 받아 배를 채우며 사는 소위 변절자들을 비판하며, 옛것을 통해 국난을 극복할 것을 강조하고 있다.

신여성, 가사로
근대 서울을 묘사하다

우리 역사에서 어느 시기를 근대로 설정할 것인가 하는 문제는
언제나 많은 논란을 불러일으킨다. 한 가지 분명한 사실은 근대
에 관한 이야기를 할 때 도시라는 공간을 결코 빼놓을 수 없다
는 점이다. 우리가 근대라고 부르는 시대는 가장 먼저 도시의
경관 변화를 통해 그 모습을 보이기 때문이다.

조선 왕조의 고색창연한 도읍지를 대한제국의 근대적 수도
로 가장 바꾸고 싶어 했던 이는 고종이었다. 일본이 민비를 시
해한 을미사변 이후 경복궁을 떠나 러시아 공사관에 머물던 고
종은 1897년 2월 20일 경운궁(지금의 덕수궁)으로 돌아와 대한제

국 선포를 준비하면서 광무(光武)와 대한(大韓)을 새로운 연호와 국호로 결정하고, 천신(天神)에 제사를 지내기 위한 장소로 환구단(圜丘壇)을 쌓게 한 다음, 그해 10월 13일 환구단에서 대한제국의 출범을 공식 선포한다.

황제에 즉위한 고종은 왕국의 수도를 제국의 수도로 탈바꿈하기 위해서 경운궁을 중심으로 방사선 도로망을 개설하고 도로를 확장하는 등 각종 도시 개조 사업을 추진했다. 특히 경운궁을 황궁으로 삼고 그 안에 석조전을 비롯한 근대 서양식으로 된 건물을 건립하는 데 힘을 쏟았다. 그것은 황제를 비롯한 황실의 권위를 대내외적으로 선포하기 위한 조치였다. 또한 전기·전차·전신·전화·철도 부설 사업도 추진하면서 1899년 5월에는 서대문에서 청량리 구간에 전차를 개통했고, 내탕금을 출자하여 설립한 한성전기회사를 통해 미국 합작 회사와 종로에 가로등을 점등했다. 그러나 고종이 추진한 근대 도시 프로젝트는 끝내 성공하지 못했다. 규모가 가장 컸던 석조전은 1900년 공사를 시작해 강제 병합 직전인 1910년 6월에 완공되었고, 경운궁 대화재(1904년 4월) 이후 고종이 거처하던 중명전은 을사늑약을 체결한 장소가 되고 말았다.

이후 일제는 황실의 권위를 훼손하고 국권을 말살하는 방향으로 서울을 개조했다. 단적인 사례가 우리나라 최초의 동물원

석조전은 나무, 흙과 같은 조선의 전통 건축 재료가 아닌 돌로 만들어졌다고 하여
지어진 이름이다. 1900년에 건축을 시작해 강제 병합되는 1910년도에 완공되어
대한제국 시기에는 실질적으로 활용되지 못했다. 석조전의 정면 상층부에 있는 대
한제국의 상징인 오얏꽃 문양을 통해 대한제국 건물임을 확인할 수 있다.
출처: 국립중앙박물관

을 창경궁에 세운 것이다. 창경궁은 본래 수강궁(壽康宮)이라 하여 1419년(세종 1)에 상왕인 태종이 한동안 거처하던 곳이었는데, 1483년(성종 14)에 세조의 비를 비롯한 여러 대비의 치소로 중건된 뒤 창경궁으로 명칭이 바뀌었다. 1907년 고종이 강제 폐위된 뒤에는 순종의 처소가 되었다. 일제는 순종을 위로한다는 구실 아래 창경궁 북쪽 춘당대에는 식물원을, 보루각 자리에는 동물사를 지었다. 공사 과정에서 궁 안의 여러 전각이 헐렸고, 해체된 전각의 문이나 기와 등은 경매에 부쳐졌다. 일제는 자경전 터에 박물관을 추가로 세웠고, 공사를 끝낸 창경궁 동·식물원을 1909년 여름 황제 순종과 초대 통감 이토 히로부미가 우선 관람했다. 그러자 사람들의 관심이 뜨거워졌다.

1909년 11월 1일 개원과 동시에 창경궁을 일반에 공개했다. 애초 이들 시설은 황실 전용으로 일반에 공개할 계획이 없었다. 그러나 일제는 창경궁에 세운 근대 시설인 동물원과 식물원과 박물관을 일반에 공개함으로써 일제 침략과 지배의 정당성을 선전하고자 했다. 당시 식물원은 동양 최대 규모였다. 동물원은 임시 건물에 불과했지만 1911년 냉온수관과 배수관이 있는 동물 온실을 신축했다. 이는 일본 최초의 동물원인 우에노동물원에도 없는 최신 시설이었다. 그리고 접근성을 높이기 위해서 전차를 새롭게 부설했다. 1911년 한일합병조약이 이뤄진 뒤에는 창경궁에서 창경원으로 이름이 격하되었다. 일제에게 동·식물원과 박물관이 있는 창경원은 조선 지배를 합리화하면서 동시에 일제의 근대적 문명을 과시하는 특별한 장소였다.

조선 왕조의 도읍지이자 대한제국의 수도였던 서울은 우리가 주도하지 못한 근대의 모습을 고스란히 보여준다. 제국의 수도에서 식민지의 도시로 격하된 서울의 모습을 본 당시 여성들은 자신의 생각과 느낌을 가사로 노래하기도 하고, 기행문에 기록하기도 했다. 그 시대 여성들은 무엇을 보았으며 무엇을 말하고 싶었을까.

한양성중 살펴보니 반도강산 수선지라
웅장하고 번화한 것이 금성탕지 이 아니냐
백악산이 주진되고 한강수가 명당이라
인왕산 목멱산은 용이 서리고 범이 웅크린 모습
경복궁 창덕궁에 오색구름 어리었다
이층삼층 새로 지은 집 고대광실 즐비하니
여염집이 가득하고 부귀한 집 이 아닌가
비단창호 유리세계 이목이 황홀하다
이리저리 질풍폭우 정신이 아득타가
맑게 갠 날씨 새로 보고 가슴이 환해져

동물원(창경원)이라는 제목의 이 사진은
1910년 당시 창경원 동물원을 찾은 구경꾼들의 모습을 촬영한 것이다.
출처: 서울역사박물관

미국의 여행가이자 사진가, 영화 제작자였던 일라이어스 버튼 홈스가 조선을 방문
해서 찍은 사진. 댕기머리를 한 남자아이와 갓을 쓴 남성 옆으로 전차를 타고 내리
는 여성들의 모습이 보인다. 장옷으로 얼굴을 가린 여성의 모습이 인상적이다.
출처: 일라이어스 버튼 홈스(Elias Burton Holmes, 1870~1958), 《Burton Holmes
Travelogues》vol. (New York : The McClure company, 1908)》

육지를 배처럼 다니는 저 전차로 동물원을 들어가니

날짐승 길짐승 낱낱이 다 모였네

　그당시 서울의 모습을 노래한 대표적인 규방가사로 최송설당의 〈한양성중유람〉을 들 수 있다. 한양의 성안을 유람한다고 한 이 작품은 한양을 반도의 수선(首善)이라고 부르며 웅장하고 번화하다고 칭송한다. 작품에 서술된 내용을 보면 한양은 풍수적으로 어느 하나 부족한 것이 없다.

　위로는 백악산이, 아래로는 한강이 있는 명당인 데다가 인왕산과 목멱산은 신묘한 용과 용맹한 호랑이의 모습을 하고 있다. 이 같은 명당에 자리 잡은 경복궁과 창덕궁 두 왕궁에는 상서로움을 상징하는 오색구름이 어려 있다. 더욱이 한양은 왕궁뿐만 아니라 여염집도 화려하기 짝이 없다. 서울 시내는 화려하고 크고 높은 집들이 즐비하며 부귀한 백성들의 집으로 가득하다. 화려한 비단과 유리로 장식한 탓에 작가의 이목은 어지러울 정도다. 작가가 묘사한 서울의 모습에서 우리가 구한말이라고 하면 쉽게 떠올리는 혼란스럽고 불안한 분위기는 전혀 보이지 않는다. 오히려 〈한양성중유람〉에 나타난 모습은 태평성대를 방불케 한다.

　〈한양성중유람〉에서 서울을 이렇게 묘사한 까닭은 이 작품

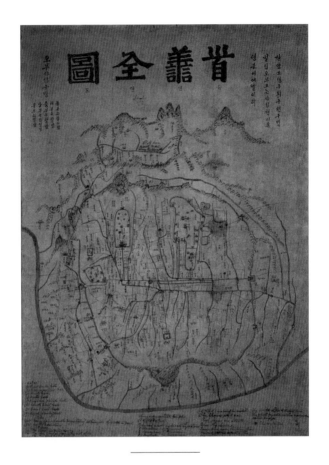

수선전도에서 수선은 수도를 의미한다. 대동여지도로 유명한 김정호는 서울에 관한 지도인 수선전도를 남겼는데, 수선전도에는 한성부의 성곽과 안팎이 자세히 기록되어 있다. 수선전도의 목판은 1825년(순조 25)에 김정호가 직접 새겼다고 전한다.
출처: 국립고궁박물관

의 작가 최송설당의 삶과 밀접히 관련되어 있다. 1855년 경상북도 김천에서 태어난 그녀는 외가 쪽 조상들이 홍경래의 난에 연루되어 억울하게 죽었다는 사실을 알고, 어려서 조상들의 누명을 벗기고 가문의 명예를 회복할 것을 맹세했다. 서울에 올라와 권문세가의 부인들과 교류하던 중 궁궐에 들어가 고종과 엄귀비 사이에 태어난 영친왕의 보모가 되었으며 고종으로부터 송설당(松雪堂)이라는 호를 하사받았다. 이후 조상을 신원하고, 축적한 재산으로 여러 사회사업에 힘을 기울였다. 특히 1931년 재단법인 송설학원을 설립하고, 김천고등보통학교를 개교했는데, 그녀가 설립한 학교는 오늘날의 김천중학교와 김천고등학교로 발전했다.

그녀의 이력을 고려할 때 〈한양성중유람〉에 구한말의 부정적 분위기가 소거된 것은 어찌 보면 당연한 일인지도 모른다. 작품의 창작 시기를 정확히 알 수 없지만, 전차를 타고 동물원에 들어간다는 내용으로 보아 이 작품은 동물원이 완공된 1909년 이후의 경험을 바탕으로 하고 있다. 1907년 영친왕이 볼모로 잡혀 일본으로 떠났다는 점에서 〈한양성중유람〉은 1907년부터 1909년 사이에 창작되었다고 추정된다. 아마도 최송설당은 영친왕의 보모로 궁궐에서 생활하다가 영친왕의 도일을 비롯한 여러 이유로 궁에서 나오게 되었고, 오랜만에 창경궁을 다시 찾아 구경하면서 이 작품을 창작했을 것으로 추정된다. 고종과 엄귀비를 비롯한 황실을 시종하면서 신분 상승과 조상 신원이라는 소원을 이룬 그녀에게 구한말의 한양은 자신의 소원을 성취한 영광의 도시였는지도 모른다.

산중호걸 해상영물 영특하고 기이하다

백수가 벌벌 떠는 저 사자며 무리를 노려보는 저 범은

철창 안에 왔다 갔다 벽력같이 고함지르고

기기괴괴 악어 하마 못 속에 굼틀대며 엎드려 있고

풍채 좋은 앵무 공작 쌍을 지어 왕래하네

처음 보는 선비와 여자들 누가 아니 칭찬하리

식물원을 돌아들어 화초집을 바라보니

천 가지 만 가지 화초 중에 두렷이 서 있는 화초

절기와 상관없이 사계절 푸르고 무성하다

모란 작약 영상홍과 물푸레 서향 철쭉은

고운 빛과 맑은 향기 사람을 엄습하네

창경궁을 구경하던 그녀를 사로잡는 것은 동물원에 가득한 짐승이다. 특별히 그녀가 주목한 동물은 사자, 범, 악어, 하마, 앵무새, 공작이다. 백수의 왕이라고 하는 사자와 그에 버금가는 범은 보통 동물과는 다른 맹수이기에 자연스레 관심을 가졌을 것이다. 악어, 하마, 앵무새, 공작은 우리나라에서 쉽게 볼 수 없는 동물이기에 좀 더 주의 깊게 구경했을 것이다. 이어서 그녀는 당시 동양 최대 규모였던 식물원으로 발길을 돌린다. 그곳에서 그녀는 고운 빛깔과 맑은 향기를 자랑하는 화초에 마음을 빼앗긴다. 황제를 모시고 대한제국의 궁궐을 출입한 그녀이기에 창경궁에 세운 동물원과 식물원을 구경하면서 망국의 슬픔을 느낄 법도 하건만 그녀는 난생처음 보는 동식물 구경에 흠뻑 빠져 있다. 그녀는 호기심 가득한 눈으로 연신 탄성을 지르며 동물원과 식물원을 구경한다.

실제로 창경궁의 동·식물원은 최송설당을 포함한 당시 조선인들에게 너무나도 매혹적인 곳이었다. 1913년 8월 3일 남편과 함께 막내딸을 데리고 도보로 대관령을 넘어 서울에 온 뒤 37일간 서울 구경을 한 강릉 김씨 부인도 한글 기행문 〈서유록〉에 창경궁에서 목격한 동·식물원의 모습을 다음과 같이 기록했다.

북송현 대안동 소안동 재동 원동으로 돈화문 밖 이르렀으나 대황제폐하 계신 창덕궁 정문을 멀리서 바라볼 뿐이었다. 궁장 안의 경치는 궁중 정원 중에 제일인데 이야기 잠깐 들어보니 맑은 내와 흰 바위, 푸른 솔과 푸른 대나무가 옥류천의 가경이라고 했다. 동편으로 종묘를 지나 흥화문 들어가서 동물원을 구경했다. 평생 보지 못하던 짐승이니 이름인들 다 알겠는가. 앵무새, 공작새, 칠면새며 서양 쥐, 서양 돼지며 사자며 낙타며 호랑이며 곰이며 원숭이도 있고 이름 모르는 것들은 기록하기 어렵다. 그중에 코끼리와 수마는 흉측하고 기막혀서 도리어 보기 싫었다. 식물원에 잠깐 가서 각색 화초를 구경하니 그 역시 놀라웠다. 이곳은 전날 과거를 보게 하던 춘당대인데 동·식물원이 될 줄 누가 알았겠는가.

근대의 낯선 풍경,
그저 바라보고 기록할 뿐

강릉 김씨와 최송설당의 눈길을 사로잡은 대상은 거의 일치한다. 그녀의 기행문 〈서유록〉에서도 최송설당의 〈한양성중유람〉처럼 망국의 슬픔은 찾아볼 수 없다. 그런데 〈서유록〉을 남긴 강릉 김씨는 강릉에서 서울로 오기 전까지 곳곳에 세워진 헌병 주재소를 보면서 울분을 삼킨 이른바 애국 부인이었다. 애국심 가득한 그녀에게도 창경궁의 동·식물원은 평생 보지 못한 온갖 동물과 식물이 가득한 곳이었다. 당시 여성들에게 창경궁은 비운의 왕궁이 아니라 호기심을 자극하고 경탄을 자아내게 하는 동물과 식물이 있는 곳이었다.

봉각 층계 비낀 길로 박물관을 당도하니

금석자기 서화고물 처소처소 가득가득

그중에 이상한 일 섰고 앉은 저 보처는

불지종가 통도사요 법지종가 해인사라

법당 정전 굉장하고 단청 채색 화려한데

삼층 포단 탁자 위에 편히 반석 높이 앉아

열두 때로 등향 다미 갖은 공양 받들더니

갑자기 지위 변하여 박물관에 들단 말인가

감중련 꼽은 손에 항하사수 미진케 하라 〈한양성중유람〉 중)

〈한양성중유람〉의 작가 최송설당은 마지막으로 박물관 계단을 오른다. 1911년에 촬영한 사진을 보면 박물관에 들어가기 위해서는 계단을 올라야만 했는데, 최송설당도 그렇게 계단을 올랐을 것이다. 〈한양성중유람〉은 비교적 사실적으로 당시의 모습을 담고 있다.

박물관에 당도한 그녀는 박물관에 보물이 가득하다고 감탄한다. 그런데 그녀는 그곳에서 한 가지 이상한 점을 발견한다. 서 있고, 앉아 있는 여러 모양의 보살상이 박물관에 있는 것이 이상하다고 말한다. 불심이 매우 신실했던 그녀가 보기에 통도사나 해인사와 같은 사찰에서 정성 가득한 공양을 받아야 할 보

1915년에 발간된 《경성번창기(京城繁昌記)》에 수록된 사진으로, 창경궁 안에 있었던 이왕가박물관의 본관이다. 1909년에는 명정전(明政殿)이 박물관으로 사용되었으나 1911년에 일본풍 건물을 세워 박물관 본관으로 사용했다.

출처: 국립민속박물관

살상이 박물관에 있는 것은 너무나 이상한 일이었다. 그녀는 갑자기 부처의 지위가 변했기 때문에 이 일이 발생했다고 생각한다. 분명 그녀도 사찰에 있어야 할 보살상이 박물관에 있는 이유를 알았을 것이다. 다만 그 이유를 말하지 않았을 뿐이다. 이렇게 짐작할 수 있는 것은 이어지는 마지막 구절 때문이다.

여기에서 감중련(坎中連)은 《주역》을 구성하는 팔괘 중 여섯 번째 괘인 감괘(坎卦)를 의미하지만 불교에서 불보살이 깨달은 내용을 두 손으로 나타내는 수인(手印)으로, 엄지손가락과 가운뎃손가락이 이어진 모양을 뜻하기도 한다. 감괘를 그려보면 '☵'와 같은데 가운데 획이 이어져 있고, 나머지 획은 열려 있는 모양이다. 그래서 '감중련을 하다'라고 하면 입을 다물고 말을 하지 않는다는 뜻으로 쓰인다. 문예지 《백조》를 창간하면서 활발한 문화운동을 펼친 홍사용도 그의 시 〈나는 왕이로소이다〉에서 "누우런 떡갈나무 우거진 산길로 허물어진 봉화 둑 앞으로 쫓긴 이의 노래를 부르며 어슬렁거릴 때에 바위 밑에 돌부처는 모른 체하며 감중연하고 앉았더이다"라면서 감중련의 수인을 한 돌부처의 모습을 언급하기도 했다.

최송설당도 감중련의 수인을 한 보살의 손을 응시한다. 여기에서 그녀는 어떠한 판단이나 평가도 하지 않는다. 그녀가 생각한 것은 보살의 마음이다. 그녀가 말한 항하사수(恒河沙數)는 헤아릴 수 없는 무한히 많은 수를 뜻한다. 항하사는 인도 갠지스 강의 모래로, 그 모래알을 헤아리는 일은 불가능한 일인 동시에 어리석은 일이기도 하다. 송설당은 자신에게 영광을 안겨준 한양에 올라와 어렴풋이 지난날을 떠올리며 일제가 꾸며 놓은 가짜 근대인 동물원과 식물원의 모습에 정신을 잃는다. 그러나 일제가 꾸며 놓은 가짜 근대에 찬사를 보내거나 자신의 지난날이 사라졌다고 비난하지 않는다. 송설당은 말 없는 보살의 수인을 바라보며 그 속에 담긴 무한 광대한 뜻을 헤아리는 것으로 한양 유람을 마친다. 그녀가 이렇게 부처의 마음으로 한양 유람을 마친 것은 이전과는 다른 한양에 와서 어떠한 판단이나 평가도 쉽게 내릴 수 없었기 때문이 아닐까.

3

독립에 대한 열망은
남자와 다르지 않다

출처: 서울역사박물관

육십넘어 한스러워 이 몸이 다시 젊어
영웅열사 모시고서 독립국권 채우려니
아무리 여자라도 이때 한 번 쾌설코져
백수노인 우리주군 만세만세 만만세야

독립을 위해
이주하는 여성들

1910년 경술국치 이후 일본의 감시는 더욱 심해져 국내에서는 더 이상 독립활동을 이어나가기 어려웠다. 많은 이들이 식민지 극복을 위해 해외로 눈을 돌려 만주, 상해 등으로 이주하여 독립 투쟁을 이어갔다. 특히 영남 출신 독립운동가들은 위정척사를 계승한 혁신 유림이었다. 이들은 가족들을 데리고 만주로 함께 이주했다. 그렇게 남편을 따라 아버지를 따라 여성들은 자연스럽게 망명길에 오르게 되며 독립운동가들과 함께하는 운명공동체가 되었다.

　하루아침에 삶이 바뀌어 버린 여성들은 자신이 처한 상황을 가사로 기록했다. 새롭게 마주하는 풍광과 고난의 경험 그리고 그것을 받아들이고 감내하려는 노력을 세세히 적었다. 자신이 처한 상황과 변화를 글로 옮기며 나름대로 생각을 정리하기도 하고, 힘든 상황 속 고단한 마음을 글을 쓰며 추스르기도 했을 것이다.

망명을 소재로 가사를 쓴 여성으로 김우락(金宇洛, 1854~1933), 김우모(金羽模, 1874~1965), 이호성(李鎬性,1891~1968), 권송대(權松臺, 1888~1933) 등이 있다. 이들 모두 영남 사족 출신의 여성들이었다. 김우락, 이호성, 권송대는 남편을 따라, 김우모는 아들을 따라 만주 망명길에 올랐다. 이들의 종착지는 만주의 서간도 지방이었다.

하물며 서간도는 단군이 개척하신

우리나라 옛터라

강산은 그림같고 기후도 적당한데 〈위모사〉 중

〈위모사〉는 이호성이 지은 가사로, 만주로 가는 딸을 어머니가 걱정하자 어머니를 안심시키기 위해 지은 가사이다. 어머니는 만주로 가는 딸을 위해 〈송교행〉이라는 가사를 먼저 지어 딸에게 주었다. 어머니가 지은 〈송교행〉은 '오랑캐 사는 곳의 인심은 짐승같고 풍설이 혹독하니 추위야 오죽하며'라며 만주를 부정적으로 그리고 있다. 그러나 딸이 지은 〈위모사〉는 "우리나라 옛터"이며 "기후도 적당"하다며 긍정적으로 만주를 묘사하며 걱정하는 어머니를 위로하고 있다. 이런 긍정적 인식은 이호성 혼자의 생각이 아니라 당시 만주로 이주한 혁신 유림들의 인식이 이호성에게 그대로 수용된 것이었다.

만주로 이주하여 독립운동을 이끌었던 핵심 인물인 석주 이상룡(李相龍, 1858~1932)은 《석주유고》에서 망명지가 왜 서간도여야 했는지 상세한 이유를 밝히고 있다.

> 만주는 우리 단군 성조의 옛터이며, 항도천은 고구려의 국내성에서 가까운 땅이었음에랴? 요동은 또한 기씨가 봉해진 땅으로 한사랑(漢四郡)과 이부(二府)의 역사가 분명하다. 거기에 거주하는 백성이 비록 복제가 다르고 언어가 다르다고는 하나, 그 선조는 동일한 종족이었고, 같은 강의 남부에 서로 거주하면서 아무 장애 없이 지냈으니 어찌 異域(다른 나라 땅)으로 여길 수 있는가?

위의 《석주유고》에서 나타나는 '단군', '옛터'라는 인식은 〈위모사〉에서도 확인할 수 있다. 영남 사족 출신 유림들은 설령 망명이 나라의 독립을 위한 일일지라도 조국을 떠나는 것은 곧 조국을 버리는 것으로 인식했다. 때문에 떠날 명분이 필요했다. 그렇기에 그들은 비록 지금 청국의 땅일지라도 오래 전 단군이 개척한 땅이며 고구려의 수도와 가까웠던 조선의 옛 땅인 서간도를 독립운동기지로 선택했다. 서간도는 조선의 옛 땅이기 때문에 혁신 유림들은 조국을 떠나는 것이 아니라 옛 조국으로 몸을 옮긴다는 명분을 세울 수 있었다. 조선의 옛 터로 간다는 명분을 가지고 서간도로 이주할 수 있었던 것이다.

　망명의 이유와 명분은 비록 남성들이 세운 논리일지라도 여성들에게 수용되면서 남성들을 따라나서는 동기가 되었다. 떠남의 이유를 가사에 적음으로써 단순한 수용을 넘어 함께하기로 하는 결심을 다지는 계기가 되었을 것이다. 비슷한 시기에 창작된 〈원별가라〉에서도 만주로 가게 된 동기를 밝히고 있다.

　　청국에 만주란 땅은 세계 유명한 땅이요

　　인심이 순후하고 물화가 풍족하고

　　사람살기 좋다하니 그리로 가자하니

　　규중여자 동서를 모르거든 여필종부라니

　　어딜간들 안 따를까

〈원별가라〉는 평해 황씨 집안으로 시집간 권송대가 1916년에 지었다고 알려진 가사이다. 인용문은 남편이 아내에게 만주로 함께 갈 것을 권유하는 장면이다. 남편은 아내에게 만주에 대해 인심이 좋고, 사람 살기 좋다는 세간의 풍문을 전하며 "그리로 가자"라고 말한다. 아내는 자신을 한없이 낮추며 '동서를 모른다', '여필종부'라 겸손히 말하며 따르겠다고 대답한다. 이에 대해 단순히 남성을 따르는 순종적이고 수동적인 아내라고 해석하는 데는 무리가 있다. 오히려 당대 가장 이상적인 아내상으로 작가 스스로를 묘사한 것으로 보아야 한다. 이면에는 떠남의 이유와 목적을 충분히 인지하고 있는 권송대의 자의식이 깔려 있으며 이 장면은 만주 망명을 결심한 부부의 최종 결심을 드러내는 것으로 보아야 한다. 이 장면에 앞서서 서술되고 있는 권송대의 세상에 대한 인식이 드러나는 부분을 살펴보자.

각도열읍 고을마다 학교를 설립하여

인재를 보려 했더니 지독한 원수놈이

삼천리 금수강산 소리없이 집어먹고

국내에 모든 것을 제 임의로 폐지하고

학교조차 폐지하니 가련하다

이천만의 청년자제 학교조차 없어지니

무엇으로 발달하리

여기서 학교는 평해 황씨가의 황만영이 세운 평해 대흥학교를 말한다. 식민지 극복을 위해 계몽운동의 일환으로 설립한 대흥학교는 1911년 일제의 탄압을 받다가 폐교하게 되었다. 교육을 통해 자력갱생을 도모했던 혁신 유림의 꿈이 좌절되는 순간이었다. 권송대의 남편 역시 대흥학교 학생이었다. 독립운동을 활발히 했던 평해 황씨가로 시집간 권송대는 직접적이든 간접적이든 국난의 상황에 대해 듣고 보며 세상이 어떻게 돌아가는지 알 수 있었다. 그렇기에 가사에 노골적으로 "지독한 원수놈"이라고 일본인에 대해 반감을 드러낸 것으로 보인다. 다음 인용문에서도 일본에 대한 강한 적개심이 나타나는데 이러한 장면은 권송대가 자신의 경험을 통해 온전한 역사인식을 지녔음을 보여주는 증거이다.

북문 밖 정거장 오고가는 왜놈들
동정을 살피노라 기차 안에 들어서서
올려보고 내려보고
부녀의 간장이나 분심이 절로 나고
살점이 절로 떨려 소리 없는 총 있으면
몇 놈이 우선 죽겠다 열심히 겨우 참고

논과 밭을 팔아 고향을 떠나 망명길에 올랐다. 가족에게 일어난 비극은 곧 나의 비극이기도 하다. 그러하기에 일본에 대한 강한 저항심을 가사에 드러낸 것은 권송대의 자연스러운 반응일 것이다. 기차 안으로 일본 군인이 들어와 수상한 사람이 있나 살피는 모습을 보고 작자는 극도의 분노를 느낀다. 살점이 떨리고 총이 있으면 죽이고 싶을 정도의 격한 감정이 일어났음을 작자는 가사에 오롯이 표현했다. 만주로의 망명은 목숨을 걸어야 했고, 집안의 흥망이 달린 중차대한 일이었기에 단순히 아내이기 때문에 남편을 따라간다는 마음으로 따라나설 수 없는 일이었다. 굳은 각오를 하고 험난한 길을 가기로 스스로 결심해야만 가능한 일이었다.

남편에게 권유를 받았지만 〈원별가라〉에 떠남의 동기를 밝힌 것은 이것이 스스로의 결정이었음을 의미한다. 그렇기에 강한 항일의식이 드러날 수 있고, 마주하는 현실에서 자신의 생각을 적으며 사회를 향한 목소리를 낼 수 있는 것이다.

김우락이 쓴 만주 망명 가사 〈해도교거사〉에도 남편을 따라가기로 결심하는 부분이 서술되어 있다.

삼천리 좋은강산 그입에 넣었단 말인가
옹졸한 여자라도 분한마음 생기거든

하물며 애국지사 비통한 마음 어떠할까

좋은 집 버려두고 떠날 마음 깊이드니

철석같이 굳은마음 누가 말릴런가

〈해도교거사〉는 김우락이 쓴 첫 번째 만주 망명 가사이다. 그녀는 만주 망명 가사를 가장 많이 쓴 여성 작가이기도 하다. 제목의 해도(海島)는 간도를 지칭하는 말이며 교거(僑居)는 남의 집이나 타향에 임시로 몸을 붙여 산다는 의미이다. 〈해도교거사〉에는 만주로 가는 여정과 그곳에서의 삶이 여느 만주 망명 가사보다 자세히 기록되어 있다. 여필종부라는 의식과 스스로를 겸손하게 표현하는 것은 앞선 〈원별가라〉와 동일하다. 그러나 〈원별가라〉에서 남편의 말을 직접적으로 인용하여 떠남의 이유를 밝혔다면 〈해도교거사〉에는 '애국지사'인 남편의 마음을 절로 헤아리고 가기로 결정하는 여성이 등장한다. "옹졸한 여자", 여필종부라는 유교적인 태도도 보이지만 남편의 마음을 헤아리는 든든한 반려자의 모습도 보인다.

조국의 광복을 위해 싸우는 남편을 지지해 환갑을 앞두고 이역만리로 떠나기로 결심하기란 결코 쉬운 일이 아니다. 그럼에도 김우락을 비롯해 권송대, 이호성이 망명을 결심한 것은 대의를 지지하고 광복을 염원하는 역사의식을 가진 여성들이었기 때문이다. 이들은 독립운동에 가담한 가족을 두었기에 식민지 조선의 상황과 만주로 가야만 하는 사명감을 자연스럽게 습득했을 것이다. 가족 공동체 속에서 운명을 함께해야 했던 여성들은 자연스럽게 독립운동가들과 사상의 일체화를 이룬 것이다.

만주로 가는 길,
고생길의 시작

만주로 가는 길은 쉽지 않았다. 식민 지배를 받았다고 할지라도 만주 망명 가사를 지은 여성들의 집안은 부유한 편이었다. 의식주가 보장된 생활을 버리고 떠나는 것도 모자라 가족들과 생이별을 해야 했으니 험난한 만주로 가는 길이 더욱 고단했으리라. 그 길을 김우락은 환갑이 가까운 나이에 떠나야 했다(1911년). 남편 석주 이상룡은 독립군이 모일 기지를 마련해야 했기 때문에 먼저 만주로 떠나고 없었다. 그녀는 지팡이와 손자를 업은 며느리에게 의지하며 만주로 향했다. 안동에서 만주까지는 20여 일이 걸리는 먼 길이었다. 젊은 사람에게도 쉽지 않은 길을 그녀는 일본 군인들의 눈을 피해 밤을 새워가며 나아갔다.

> 칠십여 칸 전래제택 그림같이 좋은거처
>
> 헌신같이 버려두고 통곡으로 떠날시에
>
> 고개 넘어 많은 종이 일시에 따라오니
>
> 곤란이 있을게다 좌우로 말리거늘
>
> 북편에 정한 길로 월옥도망 하듯하니
>
> 너를 다시 못 본 것이 철천지한 될듯하다. (〈조손별서〉 중)

김우락은 '통곡'하며 임청각을 나섰지만, 고개 넘어 따라오는 종들이 일본 군인에게 들켜 고초를 겪을까 따라오지 말라고 말리는 인자함을 보인다. 앞에는 낙동강이 흐르고 뒤에는 영남산이 솟아 있는 칠십여 칸 대궐 같은 집을 헌신처럼 버리고 도망치듯 떠난 길이었기에 가족과 친지들과의 작별인사는 꿈도 꿀 수 없었다. 김우락이 만주에 와서 가장 한스러워했던 일도 손녀딸 류실이와 나누지 못한 작별인사였다.

류실(柳室)이는 류씨 집안으로 시집간 여성을 부르는 말이다. 〈조손별서〉에서 김우락은 첫 손녀를 '장 속에 보석'이며 자손 중에 처음이라 '남녀경중이 있다한들 차등 없이 길러내'었다고 소회할 만큼 자손 중에 류실이를 가장 사랑했던 것으로 보인다.

〈조손별서〉는 손녀가 보고 싶어 편지 대신 지었다가 전달한 가사이다. 가사에는 손녀에 대한 그리움이 절절히 담겨 있다. 손녀딸과 정서적 교감을 위해 지은 가사이기에 만주로 떠나가는 '할머니' 김우락이 부각되어 있다.

김우락이 만주로 떠나면서 가장 먼저 지은 가사 〈해도교거사〉에는 만주로 가는 여정이 가장 자세히 기록되어 있는데, 이 작품에서는 만주로 가는 길, 만주에서 느끼는 인간 김우락의 희로애락이 잘 드러나 있다.

길가에 눕기 어려워 주점에서 밤새우고

정거장 들어서니 두렵고 무서워

 (중략)

서울서 밤새우고 남문밖 정거장을

내가려니 사방은 높은소리 산악을

놀래키고 손자업고 지팡이 짚고

겁을먹고 차를타니

(중략)

슬프다 한국이여

이 좋은 강산을 헌신같이 버려두고

어디로 가잔 말인가 통곡이야 천운이야

(중략)

깊은 밤 사오경에 한인들은 다나가고

일본인만 남았으니 날이 서고 흉악하니

길가기 지루하다 저기가 신의주라

환갑이 다 되어 가는 나이에 며느리, 손주와 함께 주점에 앉아서 밤을 새워야 하는 심정은 참담했을 것이다. 신세타령을 할 틈도 없이 정거장의 낯선 풍경은 두렵기만 하다. 남대문 밖에서 들리는 기차 소리에 얼마나 놀랐는지 산이 놀랐다고 김우락은 적고 있다. 놀란 마음에 손자를 업고 지팡이에 의지해 차에 올라탄다. '무섭고', '겁을 먹고', '밤을 새고', '어디로 가잔 말인가'라며 두렵고 슬픈 감정을 솔직하게 적고 있다. 며느리와 11살, 5살 손주들과 함께하는 망명길에서 김우락이 심적으로 의지할 수 있는 대상은 없었을 것이다. 마음속으로 통곡하며 천운을 비는 것이 그녀가 할 수 있는 최선이었을 것이다.

깊은 밤 알지 못하는 한인들마저 사라지자 김우락은 다시 불안해하며 두려움에 휩싸인다. 날 선 일본인들이 흉악하고 독하게 굴 것이 뻔하니 일본인들 눈치를 보며 가는 길은 더욱 길게만 느껴진다. 불안함과 두려움 속에서 신의주에 도착했다.

나가려니 불빛이 총총하여 왕왕이

검은빛이 두 눈에 어릿어릿

어디로 향하란 말인가 어린사람이 인도하고

아이가 부축하고 정신이 어지럽더니

어디서 듣던 소리 먼저오신 우리주군

여기와서 기다리네 이제야 살았구나

기차에서 내리자 어둠 속에서 불빛이 눈앞에 아른거린다.
서울에서 신의주까지 잔뜩 긴장하며 기차를 타고 왔으니 현기
증을 느꼈던 것 같다. 신의주에 당도하긴 했지만 김우락은 다
시금 막막함을 느낀다. 어디로 가야 하는지, 제대로 갈 수는 있
는지 모든 것이 어지러웠을 것이다. 그런데 어렴풋이 남편 이
상룡의 목소리가 들리자 "이제야 살았구나"라며 안도한다. 신
의주까지의 여정이 얼마나 두렵고 막막했는지 짐작할 수 있다.
그러나 안도감도 잠시, 진짜 고생길은 만주에 정착하면서부터
시작된다.

앞에 있는 작은집 비어 있다 하거든

며칠 만에 청인에게 쫓겨나네

(중략)

북산서 십리거리 지명은 둘렁거우

작은 초가 있다하니 어린자손 업고안고

좀 큰 자손 앞세우고 눈 내려 길이 없어

간신히 찾아가니 초라한 곳간 같은 집

우리소굴 된단 말인가

(중략)

통화현에 왔단말인가 서로 다모여서

칠팔일을 소일하다가 다시 떠나가네

가사의 제목처럼 교거의 삶을 보여주는 대목이다. 조상이 물려준 큰 집을 헌신짝처럼 버리고서 온 타향살이는 녹녹치 않다. 빈집이라고 일러주어 짐을 풀었으나 청인에게 쫓겨나는 신세가 된다. 다시 짐을 싸서 작은 초가로 향한다. 눈이 내려 길이 막혔지만 길에서 살 수 없으니 좀 큰 아이는 걸리고, 어린아이는 업었다 안았다가 한다. 눈바람을 맞으며 간신히 찾아간 집이었으나, 눈만 피할 수 있는 곳간 같은 곳이었다. 얼마나 집이 형편없었는지 김우락은 소굴이라 말하면서도 담담히 받아들이는 모습이다. 초라한 집, 매서운 추위는 타향살이를 하는 이방인을 더욱 고단하게 만들었을 것이다. 김우락은 힘겨운 순간마다 "집을 버리고 온 대가"라고 말하거나, "누가 청해 온 길이었던가"라고 스스로를 다독이며 담담히 받아들이는 모습을 보인다.

서간도의 고단한 생활에 대한 이야기는 〈원별가라〉에서도 나타난다.

그해 여름 농사하고 칠팔월 당하오니

고향 있을 적 동지섣달 추위가 어디 이같은가

가을날이 이같으면 겨울 당하면

어찌하여 (독립)운동하겠는가 미리 걱정 야단났네

그럭저럭 구십 월을 당도하니

한풍은 삼삼하고 흰 눈이 분분하다

(중략)

찬바람 씰씰 불고 찬눈은 쏼쏼 소리치는데

대국땅 만주지방 무엇이 재미있나

'북편(北便)'의 추위는 안동의 추위와 사뭇 달랐다. 음력 7~8월 추위가 고향의 12월 추위와 같았다. 매서운 추위에 독립운동을 하는 남성들이 걱정이다. 그런데 이보다 더 큰 걱정은 먹거리에 대한 걱정이다. 여름 농사를 마치고 배추, 무 등을 심는 가을 농사를 생각했으나, 추위가 몰려오니 농사를 지어도 제대로 수확하기 어려운 상황이었다. 만주로 이주한 여성들은 농사를

일제강점기에 찍은 임청각 사진이다.
철도 건설로 임청각 건물의 일부가 사라진 것으로 보이지만,
규모가 상당하고 화려한 가옥이다.
출처: 국립중앙박물관

일제강점기에 서간도 유하현 한인 이주 마을을 찍은 사진이다. 사람들 뒤로 보이는 소굴 같은 것이 한인들이 이주하여 살았던 집이다. 70여 칸 대대손손 내려오는 대궐 같은 집에서 하루아침에 소굴 같은 초가집 살이를 시작하였으니 가사 곳곳에 살림집에 대한 이야기가 나오지 않을 수 없었다. 출처: 독립기념관 지어 독립운동을 하는 남편들 끼니를 책임졌다. 안동에서 만주로 가족 단위로 이주한 의성 김씨, 안동 권씨, 고성 이씨, 평해 황씨 등은 양반가 출신 독립운동가들이었다. 이들 집안으로 시집온 여성들도 모두 양반가의 딸로 농사일을 제대로 배운 적이 없었다. 종이나 부리며 살던 사람들이 만주로 이주하여 하루아침에 모든 일을 손수 해야 했다. 만주는 황무지가 많아 남성들도 함께 화전 농사에 뛰어들어야 겨우 먹거리를 마련할 수 있었다. 안동에서 말고삐나 잡고 경성이나 오가며 글을 읽던 남성들과 규방에서 언문책과 바느질로 소일했던 여성들에게 농사는 쉬운 일이 아니었다.

김우락의 며느리인 허은(1907~1997)의 회고록《아직도 내 귓가에는 서간도의 바람 소리가》에는 만주 망명의 가장 큰 고난을 추위, 배고픔, 만주열(전염병)이라 적혀 있다. 이런 혹독한 생활을 감내하기 위해서는 가족 간의 결속이 무엇보다 필요했을 것이다. 힘을 합쳐 살지 않으면 살아낼 수 없는 환경에서 의지할 수 있는 대상은 가족밖에 없다. 그래서인지 가족으로부터 위로받으며 역경을 감내해가는 작가들의 태도가 만주 망명 가사 곳곳에서 발견된다.

가족의 정으로
고단한 삶을 견디며

멀리 타국에서 가난하게 산다는 것만큼 비참한 일은 없을 것이다. 만주 망명 가사에는 끼니와 머무를 집을 해결하기 위해 고군분투하는 모습이 빈번하게 등장한다. 김우락의 〈해도교거사〉에는 빈집인 줄 알고 살았으나 청인에게 쫓겨나는 일화가 등장하며 〈간운사〉에도 "여기가도 오랑캐집이요 저기가도 오랑캐집이라" 이리저리 쫓겨 다닌 일을 적었다. 〈간운사〉는 〈해도교거사〉 다음으로 김우락이 지은 망명가사로, 김우락의 가사에는 집에 대한 묘사가 많다. 아마도 제 몸 하나 편히 뉘일 수 있는 보금자리를 마련하지 못한 것이 김우락에게는 가장 큰 시련이었던 듯하다. 그럼에도 불구하고 그녀는 특유의 낙관적인 태도로 자신의 삶을 받아들이며 솔직하게 만주의 생활을 기록한다.

소금과 밥 달게 먹고 만대영화 기원하세
어린손녀 데리고서 밥을하면 죽이되고
엇던 때엔 생밥 지니 두 집 솥을 몇 사람이
솥가에 둘러앉아 밥하는 법 의논하니
어린 시조카 가르치니 두 집 식구 박장대소
우습고도 맞는 말 칠십의 능참봉은
명성이라 하지만은 육십세월 우습도다
십세의 어린손녀 이것을 벗을 삼아
세월을 보내더니 만리 밖 사돈 행차
희귀하고 황홀한데 지금 온단말인가
놀랍고 반가와서 미친사람 되었구나

먹거리가 없었던 만주 망명자들에게 반찬이라고는 소금뿐이
었다. 소금과 밥만 있는 소박한 밥상 앞에서 만대영화를 논하는
김우락의 태도에서 고난을 담담히 받아들이며 현실에 굴하지
않는 힘이 느껴진다. 이렇게 담대한 김우락은 고작 '밥 짓기' 때
문에 60년 세월을 허무하게 느낀다. 어린 손녀와 함께 밥을 지
으면 어떤 때는 죽이 되고, 어떤 때는 설익는다. 귀한 쌀로 번번

이 실패하니 속이 상했을 것이다. 다른 집 여성들도 같은 처지라 함께 모여 밥 짓기를 궁리했지만 묘수는 없었던 듯하다. 그러던 찰나 시조카가 밥 짓는 법을 알려주니 모두 절창이라며 박장대소한다. 박장대소했다는 것으로 보아 어린아이가 제대로 밥 짓는 방법을 알려주었다기보다 맹랑한 소리를 해서 어른들을 웃음 짓게 만들었던 것 같다.

육십 년을 산 노장도 낯선 타국 만주에서 겪는 일상 앞에서는 한갓 어린아이의 경험치와 다를 바가 없었다. 그래도 김우락은 가족과 이웃들과 둘러앉아 깔깔 웃기도 하고 서글픈 생각도 하며 담담히 견뎌냈다. 손녀를 벗 삼아 지내던 차에 멀리서 찾아오는 사돈댁네 식구들로 활력을 얻는 김우락의 모습을 볼 수 있다.

봉황같은 우리 사위 처부모 병문안

정숙하고 믿음직하여 방안이 훈훈하니

반은아들 극진하다 이몸이 어찌하여

우연이 드는 병이 월녀(越女)*가 되었구나

* 월녀: 중국 역사서에 등장하는 신비한 여인

김우락이 아프다는 소식을 듣고 사위가 왔다. 사위가 오니 집 안이 꽉 찬 것처럼 든든했는지 방 안이 훈훈하다고 적고 있다. 사위의 효심이 깊었는지 반은 아들이라며 사위에 대한 애정을 드러내고 있다. 병이 나는 바람에 사위를 만나는 호강을 누리는 기쁨이 절절히 적혀 있다. 사위 이외에도 김우락의 병 소식을 듣고 조카가 각색반찬을 손에 들고 급히 찾아왔던 일을 적으며 가족들에 둘러싸여 위안을 받으며 행복감을 느낀다. 사위, 조카뿐 아니라 시어머니를 아끼는 며느리의 모습도 등장한다.

명문숙녀 나의효부 입문지초 글귀로다

산수두고 글을 짓고 절제두고 글을 지어

심심할적 읊어내어 자기전에 위로하니

존중하신 노군자는 시끄럽다 증을 내고

보물같은 손자들은 노래한다 조롱하니

단단하던 내마음이 취객처럼 되었구나

어와 우숩도다 (〈간운사〉 중)

명문가의 숙녀이며, 나의 효부라 며느리를 설명하는 말에서 며느리에 대한 김우락의 사랑을 느낄 수 있다. 위 인용 가사는 〈간운사〉의 한 부분이다. 이 가사는 김우락이 만주에 망명한 지

4년쯤 지나 고국의 형제자매를 그리워하며 지은 가사이다. 형제자매들에게 소식을 전할 겸 지은 가사이기에 만주에서의 일상이 자세히 적혀 있다. 김우락은 가사를 지으며 만주 생활을 기록하는 한편 고향에 있는 가족들에게 안부를 전하기도 했다. 가사는 김우락에게 일기 같았다. 앞의 가사를 보면, 가사 쓰고 부르기를 즐겨하는 시어머니를 위해 며느리가 가사를 지어 가족들 앞에서 불러주는 장면이 묘사되어 있다.

김우락이 얼마나 가족을 사랑했는지 손자를 보물 같다고 표현한다. 만주에서 고락를 함께하는 이들은 가족뿐이었으니 가족에 대한 애정은 당연히 넘칠 수밖에 없었을 것이다.

며느리 또한 시어머니를 사랑하고 의지했을 것이다. 시어머니가 심심해하거나 뭔가 위로가 필요한 듯 보이면 며느리는 시어머니를 위해 평소 좋아하는 가사를 지어 마음을 달래주었다. 시부모님 앞에서 며느리가 창피를 무릅쓰고 노래를 부르는 모습에 아이들은 깔깔대며 엄마가 노래를 부른다고 조롱을 한다. 남편인 석주 이상룡은 시끄럽다 핀잔을 주지만 김우락은 가족들에 둘러싸여 복닥거리는 오늘이 마냥 기뻐 취한 사람처럼 마음이 녹아내렸을 것이다. 조국의 독립이라는 사명을 품고 투쟁하는 사람들의 삶이라고 생각할 수 없을 정도로 단란하고 평범한 일상이다. 이렇게 가족끼리 복닥대는 소소한 삶마저 없었더라면 망명생활을 견디기 어려웠을 것이다.

멀리 타국에서 의지할 수 있는 사람은 가족뿐이라 멀리서 찾아오는 가족도 반갑고 가족을 만나러 가는 길도 기뻤을 것이다. 김우락은 만주 유하현에 살 때 약 30킬로미터 떨어진 통화현에 있는 친정식구들을 만나러 이틀을 걸어갔다. 통화현에는 오빠 김대락이 살고 있었는데 이 집에 머물면서 오랜만에 친정 가족들과 회포를 풀었던 경험을 〈정화가〉라는 가사로 담았다. 정화(情話)는 다정한 이야기라는 뜻으로 가사에 등장하는 '가형', '며느리'와 나눈 정다운 이야기를 의미하기도 한다. 김우락은 가사의 말미에 두 며느리들에게 답가를 지어 보내달라는 요청을 적었고 며느리가 〈정화답가〉를 지어 김우락에게 보냈다. 가사를 통해 여성들이 소통하는 규방가사의 전통적인 향유 방식을 만주에서도 이어 갔던 것이다. 김우락은 가사를 지어 스스로를 위로하기도 했지만 다른 여성을 위로하는 소통 도구로 사용하기도 했다.

어와 며느리야 이때 고생 한을 마라

우리들 이조왕조 시절 규방에 깊이 앉아 정숙한 행동 닦으며

ㅁ ㅁ ㅁ 언문책과 바느질을 벗을 삼아

춘삼월 호시절과 추칠월 아름다운 달밤을 무의미하게 보냈으니

세상에서 벌어지는 힘겨운 일은 불행이나 그물 속을 벗어나

좋은 곳을 찾아와서 이런 구경 어찌하랴

어와 며느리들 만개만개 하옵소서

영웅열사 다 모여서 열심히 힘을 합치시니 나라를 다시 일으키기

쉬우리라 (〈정화가〉 중)

김우락이 만주에서 자신과 같은 어려움을 겪고 있을 친정 집안 여성들에게 조언과 위로를 건네는 장면이다. 고향에서의 삶보다 지금의 삶이 더 의미 있는 것이라 말하기 위해 고향에서 보냈던 좋은 시절은 의미가 없다고 말해 버린다. 3월의 봄, 가을밤의 아름다움 모두 만주에서 충분히 그리워할 법한 것이다. 그럼에도 불구하고 규방이라는 그물 속에 갇혀 있었기 때문에 고향에서 보낸 삶은 무의미하다고 말한다. 비록 지금 고향에서 누리던 것들은 없지만 여자로서 세상 구경하며 의미 있게 살아가니 며느리들의 삶이, 미래가 더욱 만개할 것이라 축복한다. 그리고 뒤에는 독립을 위해 싸우는 시아버지와 남편이 있으니 나라를 다시 회복하는 일도 쉬울 것이라 말한다. 삶을 긍정적으로 인식하려는 노년의 지혜로 며느리들을 다독이고 있다.

고난이 깊어질수록 좌절하는 것이 아니라 현재의 고생을 참고 견디며, 긍정적으로 인식하려는 김우락의 삶의 태도가 돋보

인다. 나라를 다시 세우려 독립운동을 하는 남편들 앞에서 여성들은 쉽게 좌절하지 못했을 것이다. 아버지를, 남편을, 아들을 믿고 지지하며 가족 전체가 연대해 만주에서의 삶을 견뎠을 것이다.

독립에 대한
여성들의 열망

가족을 따라 만주로 간 여성들은 독립운동가들의 강력한 조력자였다. 만주에서 여성들은 보급병 같은 존재였다. 농사를 지어 찬거리를 마련하여 독립군들에게 먹였고, 해진 옷을 기워주었다. 만주로 오는 망명객들 뒷바라지도 모두 여성들 몫이었다. 전쟁터에서 총칼을 들고 싸우는 이들은 남성이었지만, 총칼을 들 수 있도록 뒷바라지하는 일은 여성들 차지였던 것이다. 석주 이상룡의 손주 며느리인 허은 여사의 회고록에는 석주 집안 사랑채에는 벼룻물 떠 올 유리병 하나 없었고, 먹을 것도 없는 집에 쥐구멍만 많았다고 적혀 있다. 자신들 먹을 양식도 없는데 망명객들 끼니까지 챙겨야 했으니 김우락의 몸과 마음 고생이 이만저만이 아니었을 것이다.

> 어와 이내몸이 청춘소년 어제러니
> 육십넘어 한스러워 이몸이 다시 젊어
> 영웅열사 모시고서 독립국권 채우려니
> 아무리 여자라도 이때한번 쾌설코져
> 백수노인 우리주군 만세만세 만만세야
> 온천하에 이름을 드높이시어
> 복국공신 되옵시고 천만세 무궁토록
> 만대영웅 될지어라 (〈해도교거사〉 중)

고향 안동에서는 종들이 있어 몸소 나서서 하지 않아도 될 일을 만주에서는 모든 일을 김우락 스스로 해야 했다. 그러나 이제 노년의 몸이다. 청춘소년 같던 시절에 만주로 건너와서 남편을 보필할 수 있었다면 좋았을 텐데 그러지 못한 육체가 가장 한스러웠던 듯하다. 그러나 육체가 노년이건 청춘소년이건 남편 석주 이상룡을 지지하는 김우락의 마음은 한결같이 열렬하며 굳건했다. "만세만세 만만세야"라고 호쾌하게 외치는 김우락의 목소리는 영웅호걸처럼 기세가 등등하게 느껴진다. 남편의 바람이자 자신의 바람인 독립을 이뤄 만대 영웅으로 이름 떨치길 간절하게 기원하고 있다.

고난이 깊어질수록 자신의 육체를 책망했을지 모르지만, 독립을 성취할 것이라는 기대는 더욱 공고해졌다. 고향을 떠나 세상 밖에서 마주했던 조국의 현실은 여성들의 인식을 변화시켰을 것이다. 그렇기 때문에 독립은 반드시 이뤄져야 하는 것이라고 깨달으며 남편의 일을 지지했다. 비록 여자일지라도 이때 한번 독립에 대한 열망을 남편에 빗대어 쾌설했을 것이다. 식민지 시기 독립운동이 벌어지는 역사적 현장에서 여성들의 의식 또한 변하지 않을 수 없었던 것이다.

김우락은 가사 창작에 아주 능숙해서 〈해도교거사〉에 자신의 의식 변화를 남편에 빗대어 부드러운 문학의 언어로 표현했다. 반면 〈원별가라〉를 지은 권송대는 직설적이고 논설적인 어조로 의식의 변화를 드러낸다.

내가 비록 여자이나 이목구비 남자와 같고
심정도 남자와 같이 행하지는 못하오나 생각이야 없을소냐
우리 여자 만주에 걸음하는 여러 형제
어리석은 행위 다 버리고
이 시대 이십세기 문명한 빛을 얻어

남의 뒤를 따르지 말고 만주일대 부인이 왕성하여

독립권을 같이 받고 독립기를 같이 들고

압록강을 건너갈 때 승전고를 울리면서

좋은 노래 부를 적에 대한독립 만만세요

대한 부인들도 만세를 높이 부르면서

고국을 찾아가서 풍진을 물리치고

몇해동안 그리던 부모동기 친척들과 상봉하고

그리든 정 나누며 회포 풀고 만세영락 바라볼까 〈원별가라〉 중)

〈원별가라〉의 작가 권송대 역시 김우락처럼 남편을 따라 만주로 이주한 여성이다. 이 작품 서두에서 "규중여자 동서를 모르거든 여필종부라니 어딜간들 안 따를까"라며 조신하게 말하던 여성은 굳은 결의에 찬 강인한 여성으로 바뀌었다. 만주로 가기로 결심했을 때만 해도 독립운동을 하는 남편을 따라 여필종부하는 마음이었다. 그러나 만주에서 살다 보니 세상에 대한 인식이 넓어졌고 독립에 대한 강한 열망을 가지게 되었다. 〈원별가라〉 서두와 마지막 부분에 보이는 권송대의 태도의 변화는 그러한 이유 때문일 것이다.

권송대에게 독립운동은 더 이상 남성의 전유물이 아니다. 남자와 같이 이목구비를 갖추었고 비록 생각은 남성에게 못 미친다 할지라도 독립에 대한 열망은 그들과 다르지 않다고 말하고 있다. 그렇기에 여성들도 어서 이십 세기 문명한 빛을 얻어 함께 독립운동에 투신하자고 호소했던 것이다. 남성과 동등한 위치에서 독립권을 받고, 독립기를 들고 승전고를 울리면서 다시 고국을 찾는다면, 만주에서 그토록 바라던 만세영락을 누릴 수 있을 것이라며 여성들에게 희망적인 미래를 제시한다.

만주의 척박한 삶이 권송대를 더욱 강인한 여성으로 만들었을 것이다. 또한 독립운동은 남녀노소를 구별하지 않고 모두 동참해야 하는 일이라 각성했을 것이다. 독립 의식의 내면화가 여성으로 규정되었던 관습과 경계를 넘어서는 계기를 만든 것이다. 조국의 독립이라는 역사적 사명 앞에서 '여성'은 무엇을 해야 하나를 고민하게 되었고 그런 시간을 통해 자아를 발견하게 되었다. 평범한 여성이 비범한 여성으로 변화되는 과정이다.

여성들이 만주 가사를 남김으로써 만주에서 벌어진 항일운동 속 여성들의 노고가 알려졌다. 총칼을 들고 직접 나섰던 여성들은 우리에게 알려졌지만, 뒷바라지를 하며 조력했던 여성들의 희생은 근래에 들어 알려지기 시작했다.

따라서 여성 글쓰기는 반드시 필요하다. 여성들이 스스로 자신의 역사를 기록할 때 역사는 온전히 그 시대를 기록할 수 있기 때문이다. 여성들은 가사를 창작하면서 독립에 대한 열망을 표현했고, 독립운동의 조연이 아니라 주연으로 자신을 인식했다. 여성들은 가사에서 자신들에게 주어진 시대적 요구를 소리 높여 말했다. 여성들이 남긴 만주 망명 가사를 통해 지금 우리는 비통한 조국의 운명 앞에서 굴하지 않았던 강인한 여성 영웅으로 그들을 기억할 수 있게 되었다.

우리들의 연대:
여성으로 산다는 것은

출처: 국립민속박물관 한국문화상자

이십이 못 되어서 부모슬하 배반하고
남의가문 찾아야 한단 말인가 야속하구나 복희씨는
이 법을 마련하여 오늘날 우리들
심회를 상하게 하고 여자유행 원부모는
사람마다 같건마는 내 생각 내 마음은
나 혼자뿐이런가 부인네 갈 곳이
친정밖에 또 있는가

인생의 전환점,
시집가기

조선은 아버지로 지칭되는 남성이 가정과 사회 전체의 권력을 독점하는 가부장제를 국가의 근간으로 삼았다. 가부장제를 유지하기 위해서는 가장 먼저 가정(家庭)이 성립해야 한다. 가부장의 권력이 맨 처음 작용하는 곳이 바로 가정이기 때문이다.

가정은 결혼 제도를 통해 성립된다. 그래서 조선 왕조는 국가의 근간인 가부장제를 유지하기 위해서 여러 사회적 장치를 통해 백성들의 혼인을 장려하고 관리했다. 가령 혼기가 찼는데 돈이 없어 혼인하지 못한 남녀를 모아 결혼을 시키는 등 백성의 혼인문제에 적극적으로 개입했다.

한편 사회 전체의 권력을 남성이 독점했기에 조선시대 여성들은 자신의 의사와 상관없이 아버지, 남편, 아들의 상황에 따라 지위와 생활이 결정되었다. 삼종 중 아버지를 제외한 남편과 아들은 혼인을 통해 만들어진 관계이다. 가부장제 사회가 요구하는 여성의 역할을 수행하기 위해서는 여성에게 혼인은 필수적이었다. 당시 여성에게 결혼은 선택의 문제가 아니라 사회의 구성원이 되느냐, 되지 못하느냐를 결정하는 생존의 문제였다. 그렇기에 여성은 누구보다 시집가기를 열망했다. 시집가기에 대한 여성들의 열망과 고민과 좌절은 조선 후기 가사 작품으로 널리 알려진 〈노처녀가〉에 잘 나타나 있다.

인간세상 사람들아 이내말씀 들어보소
인간만물 생긴후에 금수초목 짝이 있다
인간세상 생긴 남자 부귀자손 같건마는
이내 팔자 험궂어 나 같은 이 또 있든가
백년을 다 살아야 삼만육천 날이로다
혼자 살면 천년 살며 정숙한 여자 되면 만년 살까
답답한 우리부모 가난하고 옹졸한 양반이
양반인 체 도를 차려 일처리가 어리석어
괴상망측 일삼으니 다만 더욱 늙어간다

적막한 빈방 안에 적적하게 홀로 앉아

뒤척이며 잠못이뤄 혼잣말 들어보소

이미 늙은 우리부모 나를 길러 무엇하리

죽을 때까지 날길러서 잡아쓸까 구어쓸까 〈노처녀가〉 중)

사족 자녀가 서른 살이 가까워도 가난하여 시집을 못 가는 이가 있으면 예조에서 임금에게 아뢰어 헤아리고 자재를 지급하라. 집 안이 궁핍지도 않은데 서른 살 이상이 차도록 시집가지 않는 이는 그 가장(아버지)을 엄중히 논죄하라. 《경국대전》, 〈예전〉, 〈혜휼조〉 중)

〈노처녀가〉는 시집가기를 간절히 원하는 노처녀의 심정을 해학적으로 노래한 가사다. 조선시대 모든 법치의 기준이 되었던 《경국대전》을 보면 자식의 배우자를 선택할 권리가 부모에게 있음을 알 수 있다. 자식이 혼인하지 않았을 때 아비를 엄중히 지적할 것을 명시하고 있는 것은 혼사가 개인의 문제가 아니라 아버지로 상징되는 가부장의 문제라는 것을, 나아가 집안 전체의 문제였음을 말해준다. 정작 혼인 당사자는 자신의 문제임에도 혼인 문제에 나설 수 없었다.

이를 통해 우리는 〈노처녀가〉의 주인공이 적막한 방에 홀로 앉아 이러지도 저러지도 못한 채 부모만 책망하고 있는 까닭을 알 수 있다. 노처녀가 시집갈 수 없는 까닭은 일처리가 엉성하고, 괴상한 일만 일삼는 무능한 부모 탓이다. 경제적으로, 사회적으로 몰락한 지 오래이지만 양반이라는 신분 의식에 사로잡혀 양반인 체 도를 닦는 허세만 부리며 어디에 제대로 혼담 한번 넣지 못하는 무책임한 부모를 보며 노처녀는 자신의 처지를 탄식할 수밖에 없다. 노처녀의 부모라고 딸을 시집보내고 싶지 않았을 리가 없다. 그러나 딸을 시집보내려면 돈이 있어야 한다. 혼인식을 치르고 폐백을 준비하고 등등 딸을 시집보내려면 경제적 능력이 필요하건만 노처녀의 부모는 경제적으로 무능하다. 또 양반 체면에 아무 집이나 딸을 시집보낼 수도 없다. 결국 체면만 남은 노처녀의 부모는 혼기가 차고도 남은 딸을 데리고 있다. 시집가기만을 오매불망 기다리는 노처녀의 심정을 다소 해학적으로 표현한 〈노처녀가〉가 만들어졌다는 것은 혼인이 여성은 물론 당시 사람들에게 굉장히 중요한 문제였음을 말해 준다.

〈노처녀가〉의 부모처럼 가난해서 딸을 시집보내지 못하고, 딸을 노처녀로 만든 부모가 있는 반면 좋은 사돈 자리를 골라 온갖 혼수를 갖추어 시집보내는 어머니도 있다.

본바있게 가르친 법 만복근원 여기 있어

자식자랑 우리부모 좌우로 구혼할제

본질도 좋거니와 가사도 풍족하다

양친부모 갖추었고 남자도 준수하다

가내도 흥성하고 백사도 구비하다

명주비단 살림살이 필필이 사서오니

넉넉잖은 우리살림 부모간장 오직할까

주신 맹서 좋은 날에 내외빈객 모였도다

노비야 있건마는 음식 감당 골몰하네

자식자랑 우리부모 사위자랑 ▯▯▯▯

▯▯▯▯ 돌아오니 상의도 가득이요

하의도 가득이요 대비단 요강대야

이불 베개도 한가지라 오동장롱 채웠으니 (〈신행가〉 중)

〈신행가〉라는 제목을 가진 노래는 시집가는 딸을 위해 시집살이의 가르침을 주는 가사와 시집간 딸이 부모님을 그리워하는 마음을 적은 가사로 나뉜다. 위에서 인용한 〈신행가〉는 시집간 딸이 친정 부모의 정을 회상하며 지은 가사로, 사친가(思親歌)류로 분류되는 작품이다. 위에서 인용한 부분은 친정 부모가 자식을 위해 혼수를 마련하는 장면으로, 정성껏 키운 딸을 위해서 좋은 혼처를 고르고, 시집가는 딸을 위해 넉넉하지 않은 살림에도 구색을 갖춰 온갖 혼수를 마련하는 부모님의 정성을 잘 보여준다. '자식자랑'이라는 표현처럼 친정 부모는 딸이 시집가서도 넉넉히 살길 바라는 마음으로 오동나무로 만든 귀한 장롱에 필요한 물건을 가득 채웠을 것이다.

여성에게 '시집가기'는 어머니와 가족과의 이별을 의미한다. 언제 다시 가족을 만날지 기약할 수 없는 이별이다. 때문에 '시집가기'는 여성에게 인생이 바뀌는 큰 사건이자 새로운 삶이 펼쳐지는 주요한 전환점이 된다. 시집이라는 인생의 전환점에서 그동안 어떻게 자랐는지 자연스럽게 회상하고, 혼수 준비를 분주하게 하는 어머니의 모습을 가사로 적으며 자신의 지난날을 돌아보게 된다.

형제 숙질 잘가라고 하직하네

가마 안에 들어앉아 내일을 생각하니

구곡간장 갈 바 없다 우리 엄마 날 키울 때

밤이면 한 베개요 낮이면 한 자리라

수족같이 여기시고 주옥같이 사랑하며

잠시라도 안 잊더라 백리 타향 먼먼길에

날 보내고 어이할꼬 내가 만지던 이 물건을

다 실어 짐 실으니 방 안도 빈방 같고

나 다니던 화초밭에 화초마져 없어지네

밤이면 앞이 비고 낮이면 뒤가 비네

그 간장 그 회포를 누가 있어 위로할꼬

(중략)

우리엄마 거동보소 가마 문을 들고 앉아

요강도 만져보고 머리도 쓰다듬고

구곡간장 녹는도다 말할 수 없건마는

정한 모습으로 하는 말씀 울지 말고

잘가거라 너야 무슨 한이 있으랴

아버님은 배행 서고 층층시하 좋은 집에

백년인연 맞아가니 무슨 한이 또 있겠느냐

친정일랑 생각말고 시부모께 효도해라

시부모께 은덕으로 사랑스럽게 보여라

방심없이 하지말고 가장은 하늘이요

가장이 하신 일은 거역 말고 싫어 말아

친정생각 자주하면 시가눈치 보인단다

손님 돌아올 때 소리나게 울지마라

흉을 보고 웃느니라 하인들 하직할 때

잡사담 하지말라 괴이하게 여기도다

고이 기른 딸과 헤어지기가 아쉬워 어머니는 가마에 탄 딸을 바라본다. 시집가서 자신과 비슷한 삶을 살게 될 딸에게 어머니는 연민을 느꼈을 것이다. 시댁으로 향하는 딸을 마지막으로 바라보며 딸의 머리를 쓰다듬는 어머니의 마음은 고된 삶을 잘 견디라는 응원의 몸짓이었을 것이다. 어머니를 바라보며 딸은 자신을 곱게 키워준 어머니의 모습을 하나하나 떠올린다. 한 베개를 베고 함께 잠을 자던 순간, 곁에서 함께 일하던 순간. 어머니와 한 몸처럼 지냈던 순간들을 떠올려보니 딸은 자기가 없으면 어머니가 아무 일도 하지 못할 거라 걱정한다. 자기가 없는 빈방에 홀로 남겨질 어머니 생각에 눈물이 앞을 가린다.

그런데 어머니는 딸의 걱정과 염려처럼 약하지 않다. 아버지가 시댁까지 함께 따라가고, 좋은 가문에 시집가니 한스러워하지 말라고 딸을 타이른다. 정한 모습으로 자신을 걱정하며 울먹이는 딸을 위로한다. 어머니는 딸에게 아버지와 어머니가 있는 친정은 걱정하지 말고, 시부모께 효도하고 사랑받으며, 가장의 말에 거역하지 말라고 긴히 당부한다. 가마 문을 들고 앉아 딸을 바라보며 시집 생활에 필요한 교훈을 전하는 어머니가 딸에게 전하는 간절한 바람일 것이다. 시집으로 떠나는 딸을 위로하고 딸의 앞날을 응원하는 어머니의 모습을 노래한 〈신행가〉는 혼인이 조선시대 여성들에게 얼마나 중요한 통과의례였는지,

시집가기에 대한 여성들의 고민과 걱정이 얼마나 깊었는지를
잘 보여준다.

시댁을 바라보는
여성들의 시선

친정에서 부모의 사랑과 보호를 받으며 편히 지내다가 하루아침에 시댁으로 가게 되었을 때 여성들이 겪는 혼란은 매우 컸을 것이다. 예나 지금이나 새로운 공간에서 새로운 사람을 만나는 일은 낯설고 두렵다.

시댁에 당도하니 시부모님 높은자리

태산에 비할지라 마음이 수란하여 온몸이 요동친다

친정을 생각하니 가고싶고 가고싶고

태어난곳 가고싶고 (〈원별여사향가〉 중)

〈원별여사향가〉의 여성 화자는 얼마나 긴장했는지 작아진 마음 때문에 시부모님이 높아만 보인다. 태산처럼 높아 보이는 시부모님을 대면하고 나서 온몸이 덜덜 떨릴 정도로 불안한 마음을 솔직하게 적었다. '친정을 생각하니 가고싶고 가고싶고 태어난 곳 가고싶고'라고 쓴 구절은 마치 어린아이의 울음소리처럼 느껴진다. 〈원별여사향가〉의 여성 화자에게 시댁은 두렵고 낯설어 도망치고 싶은 곳으로 다가왔던 모양이다.

다 같은 사람으로 무슨 죄가 지중하여

고양이 앞에 쥐가 되고 매에게 쫓긴 꿩이 되어

운빈화용 고운 모습 팔자아미 수그리고

사창을 굳게 닫고 숨을 구멍 못 찾네

여자몸이 되어나서 뉜들 아니 절통하랴

누대종가 종부되어 봉제사도 조심이요

동기문중 호가사에 접빈객도 어렵더라

모시놓기 삼베놓기 명주짜기 무명짜기

다듬이질 베를 보니 직임방직 골몰하고

곡식 찧고 물동이 이고 부엌일 귀찮더라

밥 잘 짓고 술 잘 빚어 주사시의 어렵더라

짠 맛 싱거운 맛 맞게 간 보기 어렵더라

세목중목 골라내어 다듬이질 어렵더라

자색비단 잉물치마 염색하기 어렵더라

봄옷 지어 여름옷 지어 빨래하기 골몰하다가

동지섣달 긴긴밤에 하고많은 이 세월에

첩첩이 쌓인 일을 하고자 한들 다 할쏜가 (〈여자탄식가〉 중)

여성들이 시집에서 도망치고 싶었던 또 다른 이유는 바로 끝없는 가사 노동 때문이었다. 〈여자탄식가〉를 통해 여성들이 시집에서 해야 했던 집안일을 살펴보자. 〈여자탄식가〉의 주인공은 다 같은 사람으로 태어났지만, 여자로 태어난 자신은 고양이 앞에 쥐요, 매에게 쫓기는 꿩과 같은 존재라고 말한다. 옛 미인을 묘사하는 운빈화용과 팔자아미, 즉 탐스러운 머리카락에 꽃 같은 얼굴에 팔자 모양의 아름다운 눈썹을 지녔지만 큰 죄를 지은 것처럼 마냥 조심조심 살았다고 한다. 대대로 종갓집인 시집에 와보니 자신을 옥죄는 더 큰일이 기다리고 있었다. 종갓집 며느리이기에 여러 제사를 모시면서 여타 집안 행사에 찾아오는 손님들을 접대하고, 모시·삼베·명주·무명 등의 옷감을 만들고 짜다가, 그것으로 만든 옷가지를 빨래하고 다듬이질하고, 곡식을 찧어다가 밥을 하고 술을 빚는다. 시집 생활은 끝나지 않는 가사 노동의 연속이었다. 시집에서 여성들은 하고많은 긴

세월을 첩첩이 쌓인 집안일로 보내야만 했다.

한편 낯선 시집에서 끝없는 가사 노동에 편히 쉴 수 없었음에도 훌륭한 며느리가 될 것을 다짐하며, 자신이 시댁에 적응해가는 과정을 노래한 규방가사도 있다.

새곳풍속 온 곳과 달라도 맞춰야지 어이할꼬

폐물 들고 마루에 올라 시부모님 인사하니

시아버지 몸가짐 들은 것처럼 덕 있으시니

그제야 안심되어

시집와서 첫날부터 삼일동안 시부모님 입맛 몰라

시집와서 삼일동안 시누이가 대신 음식 맛을 보아주네

〈생조감구가〉 중)

퇴계의 후손으로 영남의 명문대가에서 나고 자란 이사호는 자신의 일생을 노래한 〈생조감구가〉에서 시집에 온 첫날을 회상한다. 가마를 타고 시댁으로 향하면서, 지내온 곳과 풍속이 다를 것이라 생각한다. 힘들고 어려울 줄 알지만, 시집에서 잘 적응하리라 마음속으로 다짐하고 있다. 강한 결의보다는 수용에 가까운 어조이지만, 시아버지를 만나보고 '그제야 안심되어' 시집살이를 잘 완수하리라 다시 마음을 잡는다.

엘리자베스 키스의 목판화 작품으로 혼례 날 안방에 앉아 있는 신부의 모습이다.
바닥을 응시하고 있는 차분한 모습에서 인생의 전환점을 맞이한 신부의 긴장감이
느껴진다. 출처: 국립민속박물관 한국문화상자

이어서 시집온 첫날부터 시부모님의 입맛을 알기 위해 시누이에게 3일 동안 시댁의 풍속을 배웠던 자신의 노력을 서술하고 있다. 비록 시댁이 한없이 낯설고 어려운 곳이지만, 앞으로 자신이 뿌리를 내리고 살아가야 할 곳이기에 주인공은 다시금 각오를 다졌을 것이다. 며느리로서의 임무를 다했던 〈생조감구가〉의 작자는 자신이 얼마나 최선을 다해왔고 잘 해왔는지 가사로 적어 자손들에게 알리고자 했다.

삼종지도의 예법에 따라 자신의 이름이 아니라 누군가의 딸이자 부인으로, 또 어느 집의 며느리이자 아이들의 어머니로 살아야만 했던 그때 여성들을 우리는 너무나도 가엾고 약한 존재로 바라보고 있다. 그러나 여성들은 그 속에서도 나름 주체적인 삶을 살기 위해 노력했다.

〈여자탄식가〉라는 제목처럼 여성들은 주어진 책임과 역할 속에서 절망과 고독을 느끼며 탄식했다. 그러나 여기서의 탄식은 좌절을 의미하지 않는다. 탄식이라는 감정을 빌어 속마음을 마음껏 가사로 쏟아내며 불행으로부터 자신을 일으켜 세웠다. 감정을 토로하고 공감받고 위로받기 위해 여성들이 규방가사로 말하기 시작했다는 사실을 기억해야 할 것이다.

여성을 위로하는 여성들

시집가는 여성에게 가르침을 전하는 〈부여교훈가〉에서는 시집의 흥망성쇠가 부녀에게 달려 있다면서 열행(烈行)과 유순(柔順)과 현철(賢哲)을 갖추고 언행을 조심해야 한다고 당부한다. 그러면서 "시집살이하려면 벙어리 삼 년, 귀머거리 삼 년 해야 한다"는 속담을 인용해 시집살이의 어려움을 다시 강조한다. 여성들에게 시집살이는 속담처럼 불구가 아님에도 불구가 되어야 하는 고통의 시간이었고, 불구인 것처럼 살아야 하는 치욕의 시간이었다.

알아라 부녀행실 견문 있기 어려워라

뉘 집 부녀 유행 있고 뉘 집 부녀 열행 있어

어떤 부녀 유순하고 어떤 부녀 현철한가

여공에게 지낸 일을 낱낱이 배우렷다

남의 집 흥망성쇠 부녀에게 있느니라

시부모께 효성하며 이웃사람 칭찬하고

한걸음도 조심하고 한말씀도 조심하고

옛사람 하신 말이 시집살이 어렵도다

귀머거리 삼 년이요 벙어리 삼 년이라

집집마다 견문 달라 어른께 영을 받아

무슨 일을 하더라도 꾸중날까 두려워하고

꾸중 후에 발명하면 어른들이 수다하여

친정부모 무슨일로 딸보내고 욕먹어리 (〈부여교훈가〉 중)

조선시대 여성들이 시집살이를 고달프게 느낀 이유는 무엇보다 고향에 있는 가족과의 단절과 그로 인한 상실감이 매우 컸기 때문이다. 일반적으로 조선시대 여성들은 성년이 되면 혼례를 올리고, 자신이 나고 자란 고향을 떠나 낯선 시집에서 살림과 양육을 도맡아 해야만 했다. 그것이 조선시대 여성들의 일반적인 삶이었다. 친정 방문이 금지된 것은 아니었지만 출가외인이라는 말처럼 자기 부모와 형제들과는 함께 살 수 없었고 집안일로 인해 친정에 자주 왕래하기도 어려웠다. 현실적으로 가족들과 단절된 삶을 살아야 했다. 교통과 통신수단이 발달하지 못한 당시 여성들이 느꼈던 단절감과 상실감을 온종일 인터넷과 SNS로 연결된 삶을 사는 우리는 쉽게 상상할 수 없을 것이다. 시집에서의 언행이 친정 부모의 명예를 좌우하기에 더욱 조심해야 한다는 〈부여교훈가〉의 훈계는 당시 여성들이 친정 부모와 심정적으로 강력히 연결되어 있었음을 말해준다.

시집살이에 대한
여성들끼리의 공감

그렇다면 조선시대 여성들은 단절감과 상실감을 어떻게 달랬을까. 규방가사에서 확인할 수 있는 것은 시집살이의 고단함과 단절감을 이해하고 공감하며 위로하는 또 다른 여성들이 존재했다는 사실이다. 이것을 살펴볼 수 있는 작품이 바로 〈사모가〉다. 〈사모가〉는 《합천 화양동 파평윤씨가 규방가사》라는 이름으로 학계에 소개된, 경남 합천군 묘산면 화양동의 파평 윤씨 가문에서 창작·향유된 일련의 규방가사 작품 중 일부다. 〈사모가〉는 1876년에 필사된 작품으로 추정되는데, 필사기에 따르면 이 작품은 올봄 친정에 가고 싶었지만 친정에 가지 못한 종손부를 위로하기 위해서 창작되었다.

야애 종손부야 너는 나의 생가 종부라 소중할 뿐 네 자질 범백이
그만한고로 귀하고 사랑한 마음 연성 보화를 얻은들 거기서 더하
랴 너는 내 마음을 모르고 (중략) 부득이 하여 네가 정한 책에 맹필
로 이리저리 너의 소청을 하였으나 오서 많이 있어 보는 사람 눈
에 걸릴 듯 그러나 지금은 쓰기도 싫고 눈 어두워 할 수 없다. 그
러 눌러 짐작할가 그 끝에 사모가는 네 올봄 친정 가려하다가 파
의되었으니 마음이 오죽 섭섭하랴 네 마음을 스쳐 생각하여 남은
종이에 두어 자 지었으니 문필이야 좋든 싫든 간에 협중에 간수
하였다가 일후에 난찌라도 혹 펴보면 날을 대한 듯 할 것이니 행
여나 잊지 않을까 바라노라

필사기에 나타난 '종손부', '종부'라는 호칭을 비롯해 필사
기 전체에서 작자가 독자를 '너' 또는 '네'라고 부르고, 작자의
어조에서 상하 관계가 분명히 나타난다는 점에서 이들은 어느
정도 나이 차이가 있는 시집 아주머니와 조카며느리 정도의 관
계로 추측된다. 작자는 보배를 얻은 것보다 더 소중한 존재라며
독자에 대한 아낌없는 애정을 표현한다. 독자가 작자에게 책을
만들어달라고 청을 했다고 한 것이나 작자가 독자에게 자신의

사정을 솔직히 말한 것을 보면 이미 작자와 독자는 어느 정도 친밀감을 형성한 것으로 보인다.

작자는 독자인 종손부가 올봄 친정에 가고 싶어 했지만 생각한 대로 일이 되지 않아 얼마나 섭섭했겠냐며 계획했던 친정 나들이를 하지 못한 종손부를 위해서 〈사모가〉를 지었다고 창작동기를 밝힌다. 〈사모가〉의 작자인 시집 아주머니는 친정에 가지 못한 종손부 즉 조카며느리를 위로하기 위해서 가사를 베끼고 지어주었다. 이 필사기를 통해 작자는 독자의 상황을 마음 깊이 헤아리고 있었고, 가사를 통해서 독자를 위로하고자 했음을 알 수 있다. 더욱이 작자는 〈사모가〉를 볼 때마다 자신을 대하듯 소중히 여겨달라고 독자에게 당부하기까지 한다. 이렇게 종손부를 아끼고 사랑한 시집 아주머니가 지어준 〈사모가〉는 어떤 내용일까.

어와 사람들아 천지는 부모 같고
초목은 자손이라 비와 이슬 아니면
초목이 생장하랴 사람으로 말하면
부모은택 아니면 자손이 어디서 나랴
천지같은 부모은택 다 갚자 할진대
호천망극 하려마는 어찌하여 여자들은

이십이 못 되어서 부모슬하 배반하고

남의가문 찾아야 한단 말인가 야속하구나 복희씨는

이 법을 마련하여 오늘날 우리들

심회를 상하게 하고 여자유행 원부모는

사람마다 같건마는 내 생각 내 마음은

나 혼자뿐이런가 부인네 갈 곳이

친정밖에 또 있는가 이런고로 옛사람도

언고사씨 할한할부 귀령부모 하였거든

나는 벌써 몇 해나 친정을 못 갔는가

애휼하신 우리대인 눈 없는 귀신만나

진작고인 되셨으니 생각이 무익이오

육십 당년 늙은 자친 못 뵌지 언제인가

  뭇 사람들에게 말을 건네는 형식으로 시작하는 〈사모가〉는 초목을 자손에, 천지를 부모에 비유한다. 부모의 은택 없이 자라는 자손이 어디 있냐며 천지와 같은 부모의 은택을 갚고 싶지만, 여자라는 이유로 "여자유행 원부모" 해야 한다고 한탄한다. "여자유행 원부모"는 《시경》 〈패풍(邶風)〉에 수록된 〈천수(泉水)〉의 "여자유행 원부모형제(女子有行 遠父母兄弟)"에서 유래한 구절이다. 〈천수〉는 중국 위나라 제후에게 시집간 여인이 친정 부모의 안부를 묻고 싶었으나 부모가 죽어 그렇게 할 수 없자 자신의 서글픈 심정을 부친 시로 알려져 있다. 비탄의 정서가 가득한 〈천수〉의 '여자유행'은 이어지는 '원부모형제'와 더불어 규방가사에서 시집가는 여성이 부모 형제와 생이별해야 하는 자신의 운명을 한탄하는 대목에 자주 등장한다. 화자는 익히 알려진 이 구절을 통해 생이별한 부모에 대한 그리움을 토로하고 있다. 그러면서 "내 생각 내 마음은 나 혼자뿐이런가"라며 남몰래 느끼고 있던 서러움도 드러낸다.

연이어 화자가 '나'를 부른 것은 화자가 자신을 고립된 존재로 인식하고 있기 때문이다. 화자의 말처럼 "부인네 갈 곳이 친정밖에 또 있는가"이지만 정작 화자는 몇 년 동안 친정에 가지 못했다. 더욱이 대인(大人)이라고 칭한 화자의 아버지는 고인이 된 지 오래며, 올해 육십이 된 어머니는 기억이 가물가물할 정도로 만난 지 오래되었다.

화자는 "여자유행 원부모"가 실린 《시경》 주남(周南) 〈갈담(葛覃)〉의 "언고사씨 할한할부 귀령부모"라는 구절을 가져와 자신의 딱한 사정을 말한다. 여기에서 "언고사씨"는 '사씨를 통해 남편에게 친정에 문안 가겠다는 말을 전하는 것'으로, 본래 이 구절은 《시경》 〈주남〉에 수록된 〈갈담〉의 "언고사씨 언고언귀 박오아사 박한아의 해한해부 귀녕부모(言告師氏 言告言歸 薄汙我私

薄澣我衣 害澣害否 歸寧父母"의 일부이다. 이 시는 주나라 후비(后妃)가 시부모를 공경하고 부모에게 효도하고자 하는 심정을 부친 시로 알려져 있다. '사씨'는 후비를 대신해 심부름을 하는 자를 가리킨다. 이어서 "할한할부 귀령부모"는 '깨끗한 옷을 입고 부모께 돌아가 문안하는 것'을 의미한다. 이들 구절이 사용된 이 시는 후비가 귀한 신분임에도 불구하고 몸소 근검절약을 실천하여 손수 빤 옷을 입고 근친을 가고자 뜻을 표현한 것으로 알려져 있다.

〈사모가〉의 화자가 이 구절을 인용한 것은 중국 주나라 후비와 같은 '옛사람'의 권위를 빌려 귀녕(歸寧)의 근거를 마련하기 위해서다. 여기에서 귀녕은 "귀령부모"의 일부로, 며느리가 시부모로부터 말미를 얻어 친정에 가서 부모님을 뵙는 민간 풍속을 이른다. 경우에 따라 근친(覲親)이라고도 부른다.

사돈 간에 왕래하며 가까이 지내는 경우는 매우 드물었기에 명절이나 부모의 생신 혹은 제삿날 등 특별한 날에만 근친을 가는 것이 일반적이었다. 이러한 사정을 고려할 때 필사기에 나온 것처럼 오래전부터 마음먹었던 귀녕을 가지 못한 종손부는 크게 상심했을 것이고, 친정에 있는 가족에 대한 그리움도 깊어졌을 것이다.

보고파라 보고파라 나의 편친 보고파라

그리워라 그리워라 우리 동기 그리워라

천원지좌 기수지우 언제 나도 가서

한 가지로 희롱할꼬 화조월석 좋은 때의

기쁜 심회 둘 곳 없네 이번 봄 좋은 바람

불었다가 근처오니 도로 꺼진 불씨가 살아나

심신만 산란하다 자자골골 지날 적에

부디부디 부모생각 곁에 두고 못 보는 듯

낮에 한 생각이 인연되어 그 밤에 꿈을 꾸었구나

푸른 산 저문 날에 장자가 나비된 것처럼

이 몸이 끌려 고향산천 돌아들어

모녀숙질 형제종반 하룻밤에 두루 모여

그리던 간곡한 정이며 생각하던 소회로

주고받고 받고주고 희희낙락 즐거운 모양

완연한 위씨 가문 화수회 벌였는데

머금은 정 마치지도 못하고 말이 놀랄시고

남가일몽 헛되구나 부모동기 어디 가고

연연한 누수 흘러 침상이 젖었구나

홀로 계신 어머니가 보고 싶고, 고향 땅에 있는 형제자매가 그립다는 화자의 목소리는 애절하기 짝이 없다. 친정 식구들이 모두 모여 즐겁게 노는 곳에 자신은 함께할 수 없기에, 꽃은 피고 새는 지저귀고 달은 한껏 밝은 좋은 때에 기쁜 마음을 둘 데가 없다. 봄바람에 꺼져 가던 불씨가 도로 살아난 듯 화자의 심신은 어지럽기까지 하다.

얼마나 고향 생각이 간절하고 가족들이 보고 싶었던지 화자는 그날 밤 학수고대하던 가족을 만나는 꿈을 꾼다. 장자가 꿈속에서 나비가 되었던 것처럼, 화자는 꿈속에서 나비가 되어 고향 산천을 돌아 들어간다. 그토록 보고 싶었던 가족과 친지들을 만났기에 화자는 그동안 남몰래 쌓아두었던 그리움과 반가움을 이야기한다. 말 그대로 화자는 희희낙락하며 화수회(花樹會)의 이상으로 전하는 중국 당나라 때 어느 위씨(韋氏) 집안의 화수회처럼 즐거운 시간을 보낸다.

그런데 매어 놓은 말이 놀라면서 그만 화자는 꿈을 깨고 만다. 진한 아쉬움 속에서 화자는 자신의 꿈을 남가일몽(南柯一夢)이라고 한탄한다. 중국 당나라 순우분(淳于棼)이 술에 취하여 홰나무가 남쪽으로 뻗은 가지 밑에서 잠이 들었다가 괴안국(槐安國)의 부마가 되어 남가군(南柯郡)을 다스리며 20년 동안 영화를 누리는 꿈을 꾸었다는 데에서 유래한 남가일몽의 고사를 화자가 인용한 것은 그만큼 화자의 꿈이 생생하고 달콤했음을 의미한다. 생생하고 달콤한 꿈을 꾼 뒤에 마주한 현실은 더 씁쓸하고 괴롭기 마련이다. 그렇기에 화자는 침상을 적실 정도로 눈물을 흘렸을 것이다.

지금까지 살펴본 것처럼 화자는 다른 사람이 쉽게 알기 어려운 가족사를 설명하는 동시에 가족 친지에 대한 다양한 감정을 애절하게 표현함으로써 읽는 이로 하여금 화자의 처지와 감정에 자연스럽게 공감하게 했다. 더욱이 가족들을 만난다는 꿈은 가족에 대한 절절한 그리움, 가족들을 만나고 싶은 소망, 가족을 만날 수 없는 현실에 대한 괴로움과 슬픔을 잘 보여준다.

앞서 필사기에서 확인한 것처럼 〈사모가〉는 올봄 친정에 가고 싶었지만, 계획대로 친정에 가지 못한 종손부를 위로하기 위해서 시집 아주머니가 창작한 작품이다. 시집 아주머니가 조카며느리의 사정을 적극적으로 고려해 창작한 작품이라고 할 수 있다. 비록 〈사모가〉의 화자는 시집 아주머니가 창조한 존재이지만, 화자는 조카며느리인 종손부를 대신한 존재라고 할 수 있다. 시집 아주머니가 조카며느리인 종손부를 대변할 수 있었던 것은 그녀도 종손부와 별반 다르지 않은 삶을 살았기 때문이다. 여자라는 이유로 낳아주고 길러준 부모와 어린 시절 함께한 형제자매와 생이별한 채 낯선 시집으로 가야만 했고, 고향 땅에 두고 온 가족 생각에 밤낮으로 마음 아팠던 경험과 감정은 조선시대 여성이라면 누구에게나 공통된 경험과 감정이었다. 이러한 경험과 감정을 공유했기에 시집 아주머니는 친정 집안에 시집온 조카며느리의 마음을 충분히 짐작하고 위로할 수 있었다. 이를 통해 우리는 규방가사가 여성 공동체의 산물이며 규방가사를 통해 여성이 여성을 이해하고 공감하며 위로했다는 사실을 다시 한번 확인할 수 있다.

여성의 존재감,
시댁의 일원 되기

삼종지도 예법에 따라 며느리, 아내, 어머니로서 여성들은 자신의 삶에 대해 고민하고 열심히 살아냈다. 그렇게 사는 것이 바람직한 일이었으며, 가족과 세상에 '나'를 드러낼 수 있는 자격을 갖추는 일이기도 했다. 시집가기를 통해 본격적인 여성의 삶이 시작되었기 때문에 딸들에게 행해졌던 교육은 문자 교육이 아니라 순종하고 인내할 줄 아는 품성을 기르는 것에 집중되었다. 그다음 인륜 교육, 가사 교육, 자녀 교육에 대해 배웠다. 여성들의 교훈서인 《규중요람》, 《사소절》을 보면 "아들을 올바르게 교육하지 않으면 우리 집이 망하고, 딸을 가르치지 않으면

남의 집을 망하게 한다"라고 적혀 있다. 남의 집, 곧 시댁이 잘 되기 위해서는 무엇보다 여성의 역할이 막중했던 것이다.

시집을 가게 되면 친정에서 부르던 이름은 사라지고 시집간 댁의 성씨를 붙여 'O실(室)'로 불린다. 〈권실보아라〉라는 규방 가사 작품은 친정아버지가 딸에게 써준 작품으로 친정아버지가 딸이 권씨 집안으로 시집가자 딸을 권실이라 부르고 있음을 확인할 수 있다. 혼인한 딸은 출가외인이 되어 시댁 식구의 일원으로 살아가야 했다. 출가와 동시에 며느리로 어머니로 살아야 하는 여성의 삶은 규방가사에서 가장 잘 나타나 있다. 1794년에 연안 이씨(延安李氏, 1737~1815)가 지은 〈쌍벽가〉에는 혼인과 동시에 시작된 며느리, 어머니로서의 삶이 잘 묘사되어 있다.

글씨나 쓰던 고운 손이 나물인들 캐겠으며

방 한 칸은 온전했나

화장한 호걸 저 부인아 온몸에 옻칠한 채

나병 환자 행세하듯 훗날 도모 끝이 없다

눈썹 그린 저 장부야 뜨거운 숯 집어삼켜

목소리까지 바꾸듯 와신상담 웬일인고

연안 이씨는 예조판서를 지낸 이지억(李之億, 1699~1770)의

셋째 딸로, 서울 명문가 출신으로 부유한 가문에서 풍요롭게 성장한 인물이다. 연안 이씨의 시댁인 풍산 류씨 집안은 류성룡(1542~1607)과 류원지(1598~1678)가 관직에 진출한 이후 오랜 세월 문과 급제자를 배출하지 못해 경제적으로 어려웠다. 혼인 전과 후의 삶이 급격하게 바뀌면서 연안 이씨는 많은 어려움을 겪었을 것이다. '글씨나 쓰던 고운 손'이라 적은 구절은 시집오기 전 자신의 생활을 나타낸다. 과거에 여성이 공부를 하려면 어느 정도 집안에 경제적 여유가 있어야 했다. 연안 이씨는 자신의 집안이 여성들에게도 글씨를 가르칠 정도의 교양과 여유가 있었음을 드러내 보인다.

그러나 안동 하회마을로 시집간 뒤 연안 이씨의 삶은 급변하게 된다. 궁핍한 시집 살림 때문에 찬거리를 구하기 위해 몸소 나물을 캐러 나서야 했으며, 집 또한 온전치 못했다. 경제적 궁핍뿐 아니라 당시 한양과 영남의 풍속 차이 때문에 시집살이가 더 고단했을 것이다.

서울(京師)은 몸이 귀하고 집이 부유한 자가 모인 곳으로서, 근래 서울의 풍속은 빈천한 자도 또한 모두 이것을 보고 본뜬다. 그렇기 때문에 선비가 농사에 힘쓰지 않고, 부녀자가 길쌈하기를 부끄럽게 여긴다. 또한 복식을 화려하게 꾸미며, 혼인과 상례에 막

대한 비용을 쓴다.

영남은 서울과 멀리 떨어져서 풍속이 완연히 다르다. 누에를 치고 삼으로 길쌈하며 겸해서 무명을 생산하여 부녀자가 밤에 잠을 덜 자고서 사철 옷을 장만한다. 상례와 혼인에 필요한 물자가 집안에서 마련되지 않음이 없으며, 또 서로 구휼하는 일에 독실하여 그 가세가 빈곤해서 의식을 갖출 수 없는 자는 친척과 벗이 함께 도와서 파산을 면하게 한다. 《성호사설》 권3 천지문(天地門), 영남속(嶺南俗) 중에서)

연안 이씨와 동시대를 살았던 성호 이익이 서울과 영남의 문화적 격차를 적은 글이다. 서울에서는 부공(婦功, 웃고 노는 것을 즐기지 않고 오직 길쌈에 전념하고 가족과 손님 대접을 잘하는 솜씨를 지니는 것)에 해당하는 길쌈하는 것을 부끄럽게 여긴다고 했는데, 이는 서울의 부유한 집안 여성들이 집안일을 직접 하지는 않았다는 의미이다. 반면 영남은 여성이 직접 일을 하는 것이 미덕인 곳이었다. 상품을 거래하는 시장 발달이 서울만 못했던 탓도 있었을 테지만, 가정 살림을 꾸리는 여성의 역할이 영남에서는 무엇보다 중요했다. 물 한 방울 묻히지 않고 살았던 연안이씨의 삶은 하루아침에 바뀌었다.

《오륜행실도》, 왕상부빙(王祥剖冰)의 고사가 그림으로 그려져 있다.
추운 겨울 계모가 잉어를 먹고 싶다고 하자 효자 왕상은
잉어를 잡기 위해 언 강 위에 누워 얼음을 녹이려고 했는데
갑자기 얼음이 깨지면서 잉어가 뛰어 올라왔다고 한다.
출처: 국립한글박물관

젊어서 제사를 모셔 어느 사이 백발이 됐네

친척 떠나 부모 버리는 일은 성현의 바른 가르침

강호 사십년 어제인듯 그제인듯

지난세월 생각하니 가시밭길 그지없다

삼십일에 아홉 끼밖에 먹지 못함은 너를 이른 말씀이요

십년동안 갓 하나는 어느 친척이 볼까더냐

얼음구멍 속 잉어 잡아 수육회로 쉽게 하며

고향집 생각하며 동생 생각한들 어느 동생 찾아올까

북해에서 양 치던 소중랑의 절개요

유리에 귀양 갔던 주문왕의 액이러니

어와야 오늘이야 기산의 귀한 봉이 우네 (〈쌍벽가〉 중)

백발의 연안 이씨는 자신의 지난날을 가시밭길에 비유했다. 본인은 삼십 일 동안 아홉 끼밖에 먹지 못하고, 십 년 동안 갓 하나로 검소하게 지내며 시부모님 봉양을 게을리하지 않는 효부였음을 말한다. 특히 한겨울 얼어붙은 강물을 녹여서라도 잉어를 잡고자 했던 왕상부빙의 고사를 이용해 자신의 효도가 얼마나 지극했는지를 강조한다. 자신은 비록 남루하기 짝이 없지만 내면은 예와 효를 실천하는 지조 있는 여성임을 우회적으로 드러내고 있다. 또 아들의 급제를 두고 "향촌 서울 왕래하니 맹모삼천 배우셨나"라며 자신을 맹모에 비유하며, 자신이 현모로서의 품성을 지녔다고 강조했다. 연안 이씨는 자신의 노고가 있었기에 오늘날과 같은 가문의 영광이 있었다는 것을 〈쌍벽가〉를 통해 말하고 있다.

〈쌍벽가〉를 통해 가문의 영광을 만천하에 알리고 그 영광 뒤에는 자신의 공이 있었다고 공표하는 것은 스스로를 풍산 류씨 가문을 일으킨 중요한 인물로 인식하고 있었기 때문이다. 연안 이씨의 정체성은 이지억의 딸이 아닌, 풍산 류씨 가문의 며느리이자 아들 류이좌의 어머니인 것이다. 아들의 급제와 풍산 류씨 가문이 번성하는 것이 무엇보다 중요했다. 이러한 인식은 연안 이씨가 시댁인 풍산 류씨의 안주인으로서 일체화됐기 때문에 가능했다. 그 결과 류씨 가문의 영광이 대대손손 지속되기를 바라는 염원을 가사 말미에 우렁찬 목소리로 실어두었다.

국가 백성 평온하고 나의 세 아들 무궁한 영화

대대로 전하여서 떠오르는 해와 달처럼

남산에 기대 장수하여 무너지지 않으리라 〈〈쌍벽가〉 중〉

연안 이씨는 풍산 류씨 가문의 영광과 축복이 해와 달이 매일 뜨고 지는 것처럼 영원하기를 바란다. 결코 흔들림 없이 움직이

지 않는 남산에 기대어 가문의 영광을 지속하겠다는 결의가 가득하다. 〈쌍벽가〉에 나타난 연안 이씨의 자부심은 아들의 급제로 인한 것이지만, 풍산 류씨 가문의 영광을 되찾은 아들들을 기른 사람이 바로 자신이기에 여성의 역할이 중요하다는 것을 말하고 있다. 이처럼 〈쌍벽가〉는 풍산 류씨 가문으로 시집온 여성들에게 시집의 일원으로 본인에게 주어진 사명인 효부와 현모를 적극 실천하기를 바라는, 나아가 그것을 실천할 수 있는 구체적인 방법으로 '나와 같이 하라'는 연안 이씨의 메시지가 들어 있는 작품이다.

연안 이씨처럼 조선 후기 여성들은 가문의 번영과 아들의 성공을 통해 존재감을 느꼈다. 물론 그녀들이 온전히 '나'가 아닌 누군가의 며느리이자 어머니로서 산 것도 사실이다. 현대적인 관점에서 보면 '희생'이 강요된 불평등한 삶이었다고 볼 수도 있다. 그러나 가족의 구성원으로서 자신에게 주어진 삶에 최선을 다하고, 며느리로서, 어머니로서 역할을 어떻게 더 잘 해낼수 있을까를 고민했던 규방가사 속 여성들의 모습을 주체적 삶이 아니었다고 비판할 수 있을까?

눈 오는 날 봄바람 같은
친정 나들이

〈쌍벽가〉의 연안 이씨처럼 며느리의 정체성를 강하게 가지고 있는 여성이 있는 반면, 20세기 초부터는 친정과 시댁 양쪽의 정체성를 가진 여성들이 등장하기 시작한다. 친정을 인식하게 되는 계기는 친정 방문을 의미하는 '귀녕(歸寧)' 체험을 통해서다. 여성이 친정 가는 일이 고유명사화되었다는 데서 친정 방문이 얼마나 이례적인 일이었는지를 짐작할 수 있다. 친정 나들이가 어려웠던 데는 저마다의 사정이 있었겠지만, 기록으로 남겨둘 정도로 오랫동안 기억하고 싶은 특별한 경험이었음은 분명하다.

육십되어 다시보니 이전면목 몇몇인고

신면은 알 수 없고 구면은 백발일세

(중략)

홍진비래 하였드니 고진감래 있때로다

우리이번 모였으니 노소불러 친담하세 (〈고향원별가〉 중)

　귀녕 체험에는 여성들의 감정과 생각이 세밀하게 나타나 있다. 육십이 다 되어 친정에 방문한 여성은 자신의 삶을 홍진비래에 비유하며 오늘의 친정 방문을 고진감래의 결과라 말한다. 친정에 온 것을 고생 끝에 낙이라고 비유할 정도로 〈고향원별가〉의 화자는 친정 방문을 하늘이 내린 선물처럼 인식하고 있다. 화자는 모처럼 어렵게 모였으니 어른 아이 구별 없이 한껏 정다운 이야기를 나누길 희망한다. 오랜 기간 동안 친척 동기들과 만나지 못했으니 풀어낼 회포가 많을 것이다.

　〈고향원별가〉의 화자는 종손 어른의 팔순을 계기로 친정을 방문하게 되었다. 단순히 가족과 상봉하는 것이 아니라 조선후기 출가외인이라 불리던 여성이 친정 가문의 잔치에 참석한 것이다.

고대광실 우리종택 위세있고 웅장하다

덕을 배불고 임금을 뜻을 펴니 후일영화 무궁하다 (〈쌍벽가〉 중)

자신이 속한 친정 가문의 종택을 묘사하는 장면이다. 넓고 높은 기와집이 위세가 등등한 것은 자신의 가문의 공이 많고 벼슬 경력이 많음을 비유적으로 설명한 것이다. 아래 줄을 보면 백성들에게 덕을 베푸는 선비의 삶을 실천하고, 임금의 뜻을 받들어 그것을 펼쳐 나라를 이롭게 하니 그 결과로 세상에 끝없이 빛날 가문이 바로 자신의 친정 가문이라고 나온다. 〈쌍벽가〉에서 풍산 류씨 가문의 자랑보다는 소략하지만 여성이 자신의 가문에 대한 자부심을 세상에 표출했다는 것은 상당히 의미 있는 지점이다.

짐을두고 재를 넘어 등산에 들어가니
유명하든 안평댁 귀령을 했단말인가
두루 다녀 놀고 나니 가을해가 덧없다
(중략)
집집이 개를 잡고 각색별미 주안상과
(중략)
백발에 놀지하니 모양은 재ㅁ이요
근력이 저무는구나 시름이 전혀없다

청춘에 못논 한 육십에 풀었노라 (〈고향원별가〉 중)

친정을 찾은 화자는 종손 어른 팔순 잔치를 마치고, 고향 동네에 사는 동기들과 친척들을 만나러 다닌다. 재를 넘고 산을 넘어 친척집에 도착하자 '유명하든 안평댁'이 귀령해서 반갑다는 인사를 받는다. 안평댁은 〈고향원별가〉를 지은 작가의 택호이다. 무엇으로 유명했는지는 알기 어렵지만, 이 작품의 작가가 평범한 여성은 아니었을 것이다. 가사를 창작했을 정도로 글재주도 있는 비범한 여성이었을 것이다. '집집이 개를 잡고 각색별미 주안상'은 유명한 그리고 오랜만에 고향에 온 안평댁을 위해 친척들이 마련한 상차림이다.

이런 풍성한 대접은 안평댁이라는 여성이 풍족한 친정에서 자란 인물이었거나, 친정에 선덕을 베풀어 극진한 대접을 받았을 수도 있다. 어찌됐건 안평댁은 고향 나들이에서 친정 종친들에게 극진한 대접을 받으며 귀령을 마무리하고 있다. 작품 말미에 '청춘에 못논 한 육십에 풀었다'고 말하며 호인처럼 쾌활하게 친정 방문의 평을 남기고 있다. 〈고향원별가〉는 친정 가문에 대한 자부심과 함께 여성들에게 친정 방문이 얼마나 즐거운 일이었는지를 보여주고 있다.

노래 지어 위로받고

양반의 집은 사회적 신분과 남녀 성차에 따라 주거 공간을 구분했다. 특히 남녀유별에 의한 구별이 건물 배치에 가장 큰 영향을 미쳤다. 남녀라는 성별을 기준으로 공간을 구획하는 원칙은 조선시대 양반들의 생활에 지대한 영향을 준 《주자가례》에서 제기되었다. 《주자가례》는 중국 남송시대 철학자인 주희(1130~1200)가 자신이 이상적으로 생각하는 사대부 집안의 예법과 의례를 정리한 책이다. 주희는 이 책에서 단순히 주택 내부의 공간을 구별하는 데 그친 것이 아니라 물리적 공간의 구획을 통해 부부 간의 생활 규범을 제시하고 나아가 남녀의 사회적 역할을 구분했다.

궁실을 지을 때는 반드시 내외를 구분하고, 궁을 깊이 하며 문을 견고하게 해야 한다. 내외가 우물을 함께 쓰지 않고 욕실을 함께 쓰지 않으며 변소를 함께 쓰지 않는다. 남자는 밖의 일을 다스리고 여자는 안의 일을 다스린다. 남자는 까닭 없이 사실에 거처하지 않고, 부인은 까닭 없이 중문을 엿보지 않는다.

이처럼 '중문(中門)'을 경계로 주거 공간을 내외로 구분하고 여성들의 생활공간을 그 안쪽으로 한정시킨 《주자가례》의 규범적 내용에 따라 조선시대에는 한집에 사는 부부일지라도 남녀가 각기 다른 공간에서 생활해야만 했다. 이를 실천하기 위해 가옥의 공간도 사랑채를 중심으로 한 남성들의 공간과 안채를 중심으로 한 여성들의 공간으로 분할되었다. 16세기에 건립된 가옥에서는 사랑채와 안채가 한 몸을 이루고 있지만, 17세기 초 가옥에서는 사랑채와 안채가 평면적으로 연결되어 있으면서도 지붕 구조는 분리된다. 특히 17세기 이후에는 대부분의 가옥에서 구조적으로 사랑채가 분리된, 이른바 별동형 사랑채가 나타나기 시작했다.

중문을 경계로 '안'에서 생활해야 했던 조선시대 여성들에

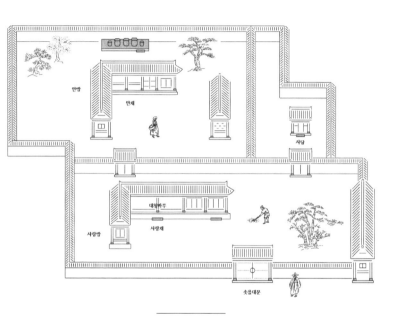

남성의 공간인 사랑채, 여성의 공간인 안채를 보여준다.

출처: 국립민속박물관 한국문화상자

게 여행은 결코 쉬운 일이 아니었다. 동명일기로 알려진 《의유당관북유람일기(意幽堂關北遊覽日記)》의 작자인 의령 남씨의 경우처럼 조선시대 여성들은 지방관으로 부임하는 남편이나 아들을 따라가면서 잠시나마 여행의 즐거움을 느낄 수 있었다. 그것도 지방에 부임하는 관리가 가족을 동반할 수 있게 된 18세기 중엽 이후에나 가능한 일이었다. 19세기 강원도 원주에 살던 열네 살 소녀 금원(錦園, 1817~?)이 남장을 하고 제천, 금강산, 설악산 등지를 여행한 뒤에 훗날 한문으로 된 《호동서락기(湖東西洛記)》라는 여행기를 남겼는데, 이는 매우 예외적인 사례라고 할 수 있다. 그렇다면 명승지가 아닌 친정을 다녀오는 일은 어떠했을까?

부모의 회갑이나 가족의 혼인처럼 친정에 중요한 행사가 있을 때에는 시부모의 허락을 받고 친정에 갈 수 있었다. 그러나 한 집안의 며느리이자 아내이자 어머니였던 여성들은 집안의 가사 활동을 책임져야 했기에 친정 나들이조차 쉽게 할 수 없었다. 부모의 건강을 빌고 그리워하는 마음을 토로한 작품에서 여성들의 딱한 처지를 알 수 있다.

축하하자 축하하자 권씨문에 축하하자

경사로다 경사로다 우리자손 경사로다

어와세상 사람들아 우리경사 들어보소

경진섣달 초파일은 우리부모 회혼일세

슬하된 우리에게 짝없는 경사로다

우리집 오늘 경사 원인 없이 될 것인가

(중략)

삼남매에 우리형제 각각으로 출가하니

잔상할사 제군박실 십세에 성인하여

십육세에 붕성지통 일점혈륙 없으면서

이구한 내일신 갑진년에 출가하야

임자년에 이사하고 무오년에 환고하니

여기서 천리에 갈렷도다

삼남매 무오혈륙 많지않은 그슬하로

육칠년 그동안은 근친도 못하엿네

(중략)

어찌하여 사는줄을 저자신도 모르면서

형제서로 위로하며 그럭저럭 지났더니

옛일은 멀어지고 남녀를 성취시켜

그열매를 보았으니 나로서는 영광이요

우리제군 박실이도 걸영으로 얻은자식

황락한 그 가정에 주인이 있었구나

이사이 몇해동안 세상재미 알았더니

오늘또 이자리에 어른경사 보았구나

오늘날 생각하면 안죽음도 다행이구나 (〈수경가〉 중)

〈수경가〉는 경진년 섣달 초파일 부모님의 회혼을 계기로 창작된 작품으로, 작품의 내용이나 표기를 고려할 때 경진년은 1940년으로 추정된다. 〈수경가〉를 창작하게 된 계기를 제공한 회혼은 부부가 혼인한 지 60년이 되었음을 가리키는 것으로, 작품에 언급된 것처럼 매우 특별한 일이기에 회혼을 맞은 부부의 자녀들은 대개 부모를 위해서 회혼잔치를 마련했다. 회혼잔치의 모습을 살펴보면, 회혼례 날에 노부부는 신혼부부가 혼례를 올리는 것처럼 혼례복을 갖추어 입고 혼례의식을 재현한다. 이때 자손들로부터 장수를 비는 술잔을 받고 친척과 친지로부터 축하를 받는다. 자손들은 모두 고운 색 옷으로 차려입은 후 부모 앞에서 춤을 추고 어리광을 부려 부모를 즐겁게 한다.

이 좋은 날에 〈수경가〉의 화자는 자신의 처지를 한탄한다. 형제들이 각각 출가하여 만날 수 없었고, 자신은 열 살 어린 나이에 출가하였는데 그만 열여섯 살에 남편을 잃었다고 말이다. 화자의 고단한 처지를 생각해보면 하루빨리 친정 부모와 형제들을 만나고 싶었을 것이다. 그러나 화자는 육칠 년 동안 한 번

모두 다섯 면으로 이루어진 화첩 중 회혼례 장면이다. 노부부가 자손들로부터 장수를 비는 술잔을 받는 헌수(獻壽) 광경이 그려져 있다. 회혼 절차 중에서 헌수 장면은 특히 부모의 장수와 남은 생애의 안락을 기원하는 의미에서 중요하게 여겨졌다.

출처: 국립중앙박물관

도 친정에 오지 못했다고 말한다. 이는 여성들의 친정 나들이가 쉬운 일이 아니었음을 보여준다. 한편 부모의 회혼 잔치가 열리는 날 화자가 신산했던 지난날을 회고한 것은 부모의 경사를 함께한 형제들에 대한 소회가 남달랐기 때문이다. 더할 수 없이 좋은 날을 맞이했을 때 그날이 오기까지 겪었던 온갖 풍파를 떠올리는 것처럼 말이다.

이렇게 친정 나들이조차 쉽지 않았던 여성들은 때로는 가사로 바깥나들이를 대신하기도 했다. 추운 겨울이 가고 따뜻한 봄날 화전놀이를 소재로 창작, 향유된 화전가가 그러한 역할을 했다. 그중 상상 속 공간으로 바깥나들이를 한 작품이 있어 눈길을 끈다.

노래로 대신한 바깥나들이

그 작품은 바로 앞서 살펴본 〈사모가〉와 함께 경남 합천군 묘산면 화양동의 파평 윤씨 가문에서 창작, 향유된 규방가사 작품 중 하나인 〈유산가〉다. 올봄 친정에 가고 싶었지만 친정에 가지 못한 종손부를 시집 아주머니가 위로하기 위해서 창작된 〈사모가〉 바로 다음 작품이라는 점에서 〈사모가〉와 같은 목적으로 창작되었다고 생각된다. 이 점에 주목하여 〈유산가〉의 내용을 살펴보도록 하겠다.

가자가자 구경가자 어디로 가잔 말인고

우주에 비켜서서 갈 곳을 바라보니

갈 곳이야 많건마는 이전 사람에게 다 **빼앗겼네**

악양루 높은 집의 십이무산 겹쳐있고

칠백 동정이 돌아 있고 가슴이 상쾌하여

구경이야 좋건마는 문장 달사 다 놀았고

채석강 좋은 풍월 이태백이 주인이요

적벽강 신선놀음 소자첨이 차지했구나

유상곡수 난정회에 간 사십이 명은 즐겁구나

다시 가서 놀자하니 남의 뒤에 하기 싫고

갈 곳이 없단 말인가 아서라 동자놈아

건려에 술을 실고 죽장망혜 노자 한 명으로

집 뒤 청산에 높이 올라 봄 경치 구경하자

〈유산가〉의 서두에서 '가자'를 외치며 '구경' 갈 곳을 찾는
화자는 '우주의 비켜서 있는' 존재로 형상화된다. 그렇게 등장
한 화자는 '이전 사람에게 다 **빼앗겼네**'라고 아쉬움을 토로하
며 중국의 역대 명사와 명승지를 열거하기 시작한다. 가장 먼
저 중국의 명승지인 '악양루 높은 집'을, 이어서 전국시대 초나
라 회왕이 무산의 선녀를 만난 '십이무산'을, 다음으로는 '칠
백 동정'을, 이태백이 노닐었던 '채석강'을, 소자첨이 적벽부

라는 명문을 남기고 '신선놀음'을 한 '적벽강'을, 마지막으로 왕희지를 비롯한 당대 명사 '사십이' 명이 참석하여 '유상곡수'를 벌인 '난정회'로 마무리한다. 그런데 화자는 "다시 가서 놀자하니 남의 뒤에 하기 싫고"라며 싫증을 낸다. 대신 산수화 속 나그네처럼 "건려에 술을 실고 죽장망혜 노자 한 명으로 집 뒤 청산에 높이 올라 봄 경치 구경하자"며 바깥나들이를 떠난다. 여기에서 건려(蹇驢)란 다리를 저는 나귀를 뜻한다. 소자첨으로 불린 송나라 때 문인 소식(蘇軾)은 당나라 시인 맹호연(孟浩然)이 눈 속에 건려를 타고, 장안 동쪽 파교(灞橋)에 가서 매화를 구경한 일을 〈증사진하수재(贈寫眞何秀才)〉에서 시로 형상화하기도 했다.

〈유산가〉의 화자는 중국의 역대 명사와 명승지를 잘 알고 있다. 더욱이 그것을 활용하여 자신의 취향과 호기를 한껏 드러내기까지 한다. 그러한 점에서 〈유산가〉의 화자는 풍류를 꽤 아는 사람이다. 작자의 대리자인 화자가 교양을 갖추고 풍류를 즐길 줄 아는 인물로 형상화된 것은 작자의 취향이 반영된 결과라고 할 수 있다. 특히 다른 규방가사와 비교해 이 작품에 나타난 전고의 내용과 표현은 매우 정확한 편인데, 작자의 교양이 매우 높았음을 알 수 있다. 그리고 이 작품이 앞의 〈사모가〉와 더불어 종손부를 위로하기 위해서 창작되었다는 점에서 종손부인 독자도 작자의 취향을 충분히 즐길 줄 아는 사람임을 짐작할 수 있다.

이제 작품 속 화자는 드디어 산에 올라 봄 경치를 즐기기 시작한다. 화자의 귀에는 새의 울음소리가 들리고, 눈에는 꽃과 새의 모습이 보인다.

반갑도다 반갑도다 새소리 반갑도다

각색 새 날아들제 빛 좋은 공작이는

부자가금 이름하니 문채도 황홀하다

말쑥하다 왜가리는 무엇을 탐을 내고

이리 기웃 저리 기웃 끌끌풍덩 저 장끼는

산 남쪽으로 날아가니 시재시재 좋을시고

황금 같은 저 꾀꼬리 금의를 떨쳐입고

버들이 오락가락 영영개개 울음 운다

곳곳의 뻐꾸기 소리 봄 경치를 재촉하네

(중략)

선경이 여기로다 온갖 새 날아들어

편편무쌍 쌍쌍가곡 산중풍악 제법이네

또 한편 바라보니 백화난만 좋을시고

이 땅이 공문인가 도화어화 만발했네

백만교태 해당화는 당명황을 모셨는듯

분분한 버들개지 백발을 흩날렸다

연연한 나리꽃 한림옥당 너였는가

노상행인 목이 말라 목동요지 행화*로다

한번 찡그리고 한번 웃는 두견화는 고국생각 시름인가

화려한 깃털의 공작, 말쑥하게 서 있는 왜가리, 암꿩을 찾는
장끼, 황금색 옷을 입은 꾀꼬리, 산 곳곳에서 우는 뻐꾸기 등 온
갖 새가 한데 모여 날갯짓하며 우는 것을 화자는 산중에 풍악이
울린다고 표현한다. 그러나 현실적으로 이 모든 새가 집 뒤 청
산에 있을 리는 만무하다. 아마도 화자는 실제 모습이 아니라
상상 속 모습을 그려낸 듯하다. 그래서 화자는 이 모습을 신선
이 사는 신비로운 곳인 선경(仙境)이라고 했을 것이다. 이어지는
꽃의 모습도 마찬가지다. 교태를 부리는 듯한 해당화, 어지러이
흔들리는 버들개지, 어여쁜 나리꽃, 저 멀리 행인을 기다리는
복사꽃, 시름에 젖은 진달래꽃 등 화자는 꽃을 사람에 비겨 표

---

* 행화촌(杏花村)은 술 파는 곳을 가리킨다. 당나라 두목(杜牧)의 시 〈청명(淸明)〉에 "묻노
  니 술집이 어디에 있는고? 목동이 멀리 복사꽃 핀 마을을 가리키네[借問酒家何處有?
  牧童遙指杏花村]"라고 한 데서 온 말이다.

현했다. 한곳에 머물러 있는 꽃을 의인화해 생동감 있는 장면을 연출하는 한편 환상적인 분위기를 만들어냈다.

여기저기 숨었구나 무명조 무명화를

다 어찌 기록하리 그만저만 던져두고

동자야 술 부어라 한잔 먹고 시를 짓자

회회금남 끌러내여 모든 풍경 다 거두어

깊이깊이 간수할까 화조야 근심마라

혼만흔 나의 춘흥 시상에 실었구나

이전의 영숙문장 춘북춘두 경일망귀

심사정이 그린 눈 속에 핀 매화를 찾아다니는 설중심매도(雪中探梅圖)이다. 심사정의 자는 이숙(頤叔), 호는 현재(玄齋)이며 18세기에 산수, 새, 꽃, 동물 등 다양한 소재로 활발한 활동을 한 사대부 화가이다. 이 그림은 일생 동안 관직에 나아가지 않고 녹문산(鹿門山)에 은거한 맹호연(孟浩然, 689~740)이라는 당나라 시인에 관련된 이야기를 주제로 삼고 있다. 그는 이른 봄이면 당나라 수도인 장안의 동쪽 파수에 놓인 파교라는 다리를 건너 아직도 채 눈이 녹지 않은 산으로 가서 매화를 찾아다녔다고 한다. 매화를 아껴 기르는 것은 엄동설한과 싸우며 고고하게 피어난 매화나무의 고결함을 기리는 풍류 문인들의 전통이 되었다. 파교를 건너려는 나귀 탄 맹호연과 그를 따르는 시중 드는 아이가 화면의 중심을 이루고 있으며 삭막한 겨울 풍경이 그들을 에워싸고 있다.
출처: 국립중앙박물관

오늘날 내 놀음이 정경이 흡사하다

만첩산여 아름다운 경치를 내년 봄에 소망한들

일신을 차마 어찌 배반하고 돌아설고

전대 속 긴긴 실로 가는 해를 매고지고

맹호연의 본을 받아 나귀를 거꾸로 타볼까

아서라 안 되겠다 방저수 옥초석의

화폭을 그려내어 벽 위에 걸어놓고

걸음 허비 아니하고 와류강산 하여보세

〈유산가〉의 화자는 새와 꽃을 구경한 뒤에 그것들을 다 기록할 수 없다면서 이제 그만하자고 한다. 대신 동자를 불러 술한잔을 따르라며 자신은 시를 짓겠다고 말한다. 여기에서 시는 가사 〈유산가〉를 의미한다. 그러면서 화자는 모든 풍경과 화조(花鳥)를 모두 거두고 간수해서 시상에 싣겠다고 말한다. 판독이 불분명한 구절이 다소 있지만 화자는 '영숙문장' 즉 당송팔대가 중 한 명인 구양수를 거론하며 자신의 놀음이 그와 유사하다고 자부한다. 그런데 놀음이 끝나도 아쉬움이 남는다며 전대 속 긴긴 실로 가는 해를 매고 지겠다고 말한다. 장난조로 가는 해를 멈추겠다고 한 것이다. 그만큼 화자에게 이 시간은 소중하다. 그러면서 술에 취해 나귀를 거꾸로 타고 유람을 떠난 당나라 시인 맹호연을 본받겠다고 말한다. 유람을 끝내기 싫은 화자는 맹호연이 그러했던 것처럼 유람을 계속하고 싶은 마음이다. 그래도 화자는 성이 차지 않는지 온갖 보배를 동원해 자신이 보고 들은 것을 그림으로 그려 벽 위에 걸어놓겠다고 말한다.

앞서 이 작품이 계획대로 친정에 가지 못한 종손부를 위로하기 위해서 창작되었다고 한 바 있다. 〈유산가〉의 독자인 종손부는 시댁에 매여 있는 몸이다. 작자는 종손부의 딱한 사정을 헤아려서 〈유산가〉를 통해 바깥세상과 그것을 넘는 상상 속의 세계를 만나게 함으로써 시댁에 갇혀 있는 독자에게 '와류강산'의 기회를 제공하고자 했다. 필사기에서 "네 마음을 스쳐 생각하여 남은 종이에 두어 자 지었으니"라고 겸손히 말했지만 작자는 독자인 종손부를 가엾게 여기고 〈유산가〉를 통해 종손부를 위로하고자 했다. 종손부의 직접적인 반응을 확인할 수 없지만 아마도 종손부는 시집 아주머니가 자신을 위해 지어준 〈유산가〉를 읽으며 외로움과 갑갑함을 달래면서 현실에서 하지 못한 바깥나들이를 대신했을 것이다.

이렇게 규방가사는 여성들의 삶에 밀착된 전통문학이다. 때로는 억울한 삶을 적어 다른 여성에게 호소하며 위로받길 원했고, 때로는 자랑을 적어 자부심을 드러내기도 했다. 류실이, 어머니, 딸, 연안 이씨라는 다소 불편한 이름으로 규방가사의 작품이 전하지만 그럼에도 불구하고 여성이라는 이름으로 자신의 역사를 적고 후세에 남겼다. 온전한 이름 석자를 전하기보다 치열하고 뜨겁게 살아낸 자신의 삶을 전하고자 했던 평범했지만 비범한 여성들의 삶이 오늘날 우리에게 기억되길 바란다.

《학지광》 1914년 12월호.

《동명》 1923년 1월.

한국정신문화연구원 고전자료편찬실 편, 《규방가사》 I, 한국정신문화연구원, 1979.

고순희, 〈개화기 가사를 통해 본 여성담론의 전개양상과 특성〉, 《한국고전여성문학
연구》 10, 한국고전여성문학회, 2005.

고순희, 〈만주 망명 여성의 가사 〈원별가라〉〉, 《국어국문학》 151, 국어국문학회,
2009.

고순희, 〈만주 망명 여성의 가사 〈위모사〉 연구〉, 《한국고전여성문학연구》 18, 한국
고전여성문학회, 2009.

고순희, 〈만주 망명과 여성의 힘 – 가사문학 〈원별가라〉·〈위모亽〉·〈신싀트령〉을 중
심으로〉, 《한국고전여성문학연구》 22, 한국고전여성문학회, 2011.

고순희, 〈만주 망명 가사 〈간운亽〉 연구〉, 《고전문학연구》 37, 한국고전문학회,

2010.

고순희, 〈〈조손별서〉와 〈답사친가〉의 고증적 연구〉, 《한국시가문화연구》 31, 한국시가문화학회, 2010.

고순희, 《만주 망명과 가사문학 자료》, 박문사, 2014.

권보드래, 〈신여성과 구여성〉, 《오늘의 문예비평》, 오늘의 문예비평, 2002.

권영철, 《규방가사 연구》, 이우출판사, 1980.

김윤희, 〈만주 망명과 독립운동에 대한 경북 여성들의 시선과 기록〉, 《어문론총》 92, 한국문학언어학회, 2022.

김윤희, 〈만주 망명 가사 〈해도교거사〉의 새로운 이본(異本) 자료 소개〉, 《우리문학연구》 67, 우리문학회, 2020.

김윤희, 〈안동 사람들의 망명 애환을 담은 가사 – 김우락의 〈해도교거사〉, 〈정화가〉, 〈간운사〉 안동의 지역성을 확장하다〉, 《안동학연구》 19, 한국국학진흥원, 2020.

남상권, 〈〈생조감구가〉 연구〉, 《한국문학이론과 비평》 33, 한국문학이론과 비평학회, 2006.

남상권·장인진, 〈이대본 〈성조감구가〉 주석〉, 《반교어문연구》 20, 반교어문학회, 2006.

류명옥, 〈평범한 여성의 일상이 역사로 기억되는 〈원별가라〉〉, 《안동학연구》 19, 한국국학진흥원, 2020.

박경주, 《규방가사의 양성성》, 월인, 2007.

방미선, 〈만주 망명 부녀가사 연구〉, 인하대학교 박사학위논문, 2011

백순철, 〈규방가사의 작품세계와 사회적 성격〉, 고려대학교 박사학위논문, 2000.

서영숙, 《한국 여성 가사 연구》, 국학자료원, 1996.

성호경·서해란, 〈만주 망명 여성 가사 〈해도교거사〉, 〈정화가〉와 〈정화답가〉〉, 《한국시가연구》 46, 한국시가학회, 2019.

유정선, 〈근대이행기 규방가사와 공적 제도로서의 학교: 〈생조감구가〉를 중심으로〉, 《한국고전연구》 31, 한국고선연구학회, 2015.

이상룡 저, 안동독립운동기념관 편, 《(국역) 석주유고》 상·하, 경인문화사, 2008.

이정옥 《내방가사의 향유자 연구》, 박이정, 1999.

이정옥, 《영남 내방가사와 여성 이야기》, 박문사, 2017.

이정옥, 《영남 내방가사 연구》, 역락, 2017.

윤주필, 〈우산본 〈복선화음가〉의 특성 연구〉, 《한국고전여성문학연구》 18, 한국고전여성문학회, 2009.

장인진·남상권, 〈〈생조감구가〉의 작가 고증과 작가 가문의 항일운동〉, 《반교어문연구》 20, 반교어문학회, 2006.

조해숙, 《전환기의 시가문학 – 근대전환기 한국 시가의 대응과 변모》, 서울대학교출판문화원, 2022.

정기선, 〈자료적 특성으로 본 계녀가류 규방가사의 주제구현 방식〉, 서울대학교 박사학위논문, 2022.

정기선, 〈합천 화양동 파평윤씨가 규방가사의 이본 연구 – 한국가사문학관 소장 기슈가를 중심으로〉, 《한국시가문화연구》 50, 한국시가문화학회, 2022.

정인숙, 〈근대전환기 규방가사 〈시골 여자 슬픈 사연〉의 성격과 여성 화자의 자아 인식 – 〈싀골색씨 설은타령〉과의 비교분석을 중심으로〉, 《한국언어문학》 72, 한국언어문학회, 2010.

정연경·천명희, 〈고성 이씨 소장 〈해도교거사〉의 국어학적 가치〉, 《어문론총》 68, 한국문학언어학회, 2016.

최규수, 《규방가사의 '글하기' 전략과 소통의 수사학》, 명지대학교출판부, 2014.

최은숙, 〈〈시골여자 셜은사졍〉에 나타난 '서러움'의 동인과 작품의 시대적 의미〉, 《석당논총》78, 동아대학교 석당학술원, 2020.

최형우, 〈근대 조선을 바라보는 이호성의 시선과 〈위모사〉에 담긴 여성 의식〉, 《안동학연구》19, 한국국학진흥원, 2020.

허은 구술, 변창애 기록, 《아직도 내 귀엔 서간도 바람소리가》, 민족문제연구소, 2010.

조선의 글 쓰는 여자들

규방가사로 들여다본 전근대 여성들의 삶과 생각

초판 1쇄 발행 2023년 11월 30일

지은이   서주연·정기선
펴낸이   문채원

펴낸곳   도서출판 사우
출판   등록 2014-000017호
전화   02-2642-6420
팩스   0504-156-6085
전자우편 sawoopub@gmail.com

ISBN 979-11-87332-95-4 03810

이 도서는 한국출판문화산업진흥원의 '2023년 우수출판콘텐츠 제작 지원' 사업 선정작입니다.